Uwe Pump
Die Rochade

*Gewidmet meiner Tochter Cordula und meinem
Schwiegersohn Stefan. Ohne sie wäre dieses
Buch so nie geschrieben worden.*

Vom Schachspiel hat man gesagt, dass das Leben zu kurz sei,
um es zu beherrschen.

Aber das ist ein Fehler des Lebens,
nicht des Schachspiels.

Irving Chernev

Bibliografische Information der Deutschen Nationalbibliothek:
Die Deutsche Nationalbibliothek verzeichnet diese Publikation in der
Deutschen Nationalbibliografie; detaillierte bibliografische Daten
sind im Internet über http://dnb.d-nb.de abrufbar.

Die Rochade – Schachzug des Jahrhunderts
© 2023 by Uwe Pump

ISBN 9783756851447

Herstellung und Verlag: BoD – Books on Demand, Norderstedt

Projektbetreuung: Ka & Jott, Bernau bei Berlin

Umschlag: Franziska Junghans, unter Verwendung eines Bildes von
FelixMittermeier/www.pixabay.com

Kontakt zum Autor: uwe_pump@gmx.de

Vorwort

Die „Rochade" ist kein Schachbuch. Auch kein Lehrbuch, keine Regelkunde und kein Nachschlagewerk für das königliche Spiel Schach.

Und doch spielt Schach im vorliegenden Buch eine nicht unbedeutende Rolle. Denn dieses Spiel aller Spiele ist der Anlass für den „Schachzug des Jahrhunderts".

Die dabei handelnden Personen sind frei erfunden. Und doch ist nicht auszuschließen, dass es Menschen gab und gibt, die ähnliche Lebens- und Schicksalswege auf dem „Schachbrett des Lebens" durchlebt haben.

Für sie und alle, die ohne Vorurteile für Toleranz und Menschlichkeit eintreten, wurde dieses Buch geschrieben. Aber auch für die Menschen, die diese Werte noch nicht verinnerlicht haben.

Eröffnung

Die Erfindung des Schachspiels und die Weizenkorn-Legende

Die Figuren
Ein weiser Brahmane, klug und diplomatisch
Ein unmenschlicher Herrscher, reich und wandlungsfähig
Ein schlitzohriger Minister, gerissen und berechnend

Das Schachfeld
Ein Palast in Indien im 3. oder 4. Jahrhundert nach Christus

Die Legende
Ein weiser Brahmane wollte einem unmenschlichen Herrscher
eine Lehre erteilen, um ihn zu einem menschlicheren Verhalten
gegenüber seinen Untertanen zu bewegen. Darum erfand der Weise
das Schachspiel. Der Herrscher begriff den tieferen Sinn des
Spiels sofort und war fortan milde zu seinem Volk gestimmt. Er
verbreitete das Schachspiel im ganzen Land, von wo aus es den
Siegeszug um die Welt antrat.

Weil dem Herrscher das Spiel so gut gefiel, gewährte er dem Erfinder
einen Wunsch. Er ließ seine Schatzkammer öffnen und bot
ihm unendlichen Reichtum. Aber der weise Brahmane verlangte
weder Gold noch Edelsteine. Vielmehr wollte er auf das Erste der
vierundsechzig Felder ein Weizenkorn, auf das Zweite zwei, auf
das Dritte vier und auf jedes weitere Feld die doppelte Anzahl Körner
des vorherigen Feldes. Der Herrscher gewährte ihm die Bitte,
war jedoch erstaunt, ja sogar beleidigt, über diesen bescheidenen
Wunsch. Er hatte nicht bedacht, dass die verlangte Menge unvorstellbar
ist. So viel Weizen konnte nicht aufgebracht und der
Wunsch des weisen Brahmanen nicht erfüllt werden.

Nur durch den Rat eines schlitzohrigen Ministers konnte sich der Herrscher aus dieser Misere befreien. Der Minister hatte geraten, den Weisen die Körner zählen zu lassen. Es wären achtzehn Trillionen, vierhundertsechsundvierzig Billiarden, siebenhundertvierundvierzig Billionen, dreiundsiebzig Milliarden, siebenhundertneun Millionen, fünfhunderteinundfünfzigtausend sechshundertfünfzehn Körner gewesen. Wie lange der Weise zählte und ob er das überhaupt tat, ist nicht bekannt. Soweit die Legende von der Erfindung des Schachspiels.

***

Ein Mann im fortgeschrittenen Alter und von kräftiger Statur wickelte ein Schachbrett in eine Decke, steckte das Kästchen mit den dazugehörigen Figuren und ein Schachbuch mit Spielen großer Meister bei bedeutenden Turnieren in einen Rucksack. Diese wenigen Habseligkeiten aus einem früheren Leben waren ihm noch geblieben. Sie stellten für ihn unschätzbare Kostbarkeiten dar und er hütete sie wie seinen Augapfel. Die „Weizenkorn-Legende", die er als Kind zum ersten Mal hörte, hatte in ihm die Liebe zum Schachspiel geweckt.

Das schäbige Brett und die abgegriffenen Steine hatte er während seiner Schulzeit auf einen Flohmarkt erstanden. Das Schachbuch war ein Geschenk seiner Frau aus einer glücklichen Zeit.

Der Mann schaute ein letztes Mal in den Spiegel. Ein Gesicht, vom Leben und vom Schicksal gezeichnet, blickte ihn trotzig an. Mit einer Handbewegung wischte er das Spiegelbild fort. Er schulterte den Rucksack, griff nach zwei Plastiktüten, klemmte sich das Bündel mit dem Schachbrett unter den Arm und verließ das Haus, in dem er jahrelang gewohnt hatte. Er wusste nicht, dass er es nie wieder betreten sollte.

Ein Industrieller machte eines der größten Geschäfte in seiner Firmengeschichte. Er ließ in Indien unter unmenschlichen Bedingungen und zu einem Hungerlohn T-Shirts in allen Farben und

Größen mit dem Aufdruck „*Pecunia Non Olet*" von Frauen und Kindern fertigen und vermarktete sie weltweit für einen Dollar das Stück. Der Umsatz war enorm, sein Gewinn riesig. Getrieben von der Vision, einer der reichsten Männer der Welt zu werden, agierte er am Markt. Für Hobbys, Kinder und ein geregeltes Familienleben blieb ihm keine Zeit. All dies wäre nur hinderlich, so seine Argumentation und quasi Selbstentschuldigung, um seine Vision zu verwirklichen.

Aber er war ein Spieler! Die Spielkasinos der großen weiten Welt hatten es ihm angetan und Jetons jeglicher Wertigkeit zogen ihn magisch an. Dagegen war Poker für ihn ein Fremdwort, obwohl er oft bei Verhandlungen gepokert hatte.

Und noch etwas gab es, was er nicht gelernt hatte. Er konnte nicht Schach spielen. Und das wurmte ihn, denn er beherrschte die Strategie im Geschäftsleben meisterhaft wie kein Zweiter. Warum er das Schachspielen nie gelernt hatte, wusste er nicht. Vielleicht hatte er dafür einfach keine Zeit oder es ergab sich keine Gelegenheit.

Noch konnte dieser Unternehmer nicht ahnen, dass gerade dieses königliche Spiel sein Denken und Handeln in nicht allzu ferner Zukunft maßgeblich verändern würde.

***

Eine Schach-Legende neuerer Zeit

Die Figuren
Ein unfreiwilliger Obdachloser, Hausbesetzer und begeisterter Schachspieler
Ein skrupelloser Privatier, überzeugter Egoist, zweimal geschieden und immer noch reich
Ein halbfreiwilliger Obdachloser, Gelegenheitsarbeiter und freiheitsliebender Sprengstoffexperte
Ein freiwilliger Obdachloser, Taxifahrer, Rauschgiftschmuggler und verkrachter Weltschauspieler
Ein menschenfreundlicher Einwanderer, türkischer Friseur, kinderlieb und unverbesserlicher Optimist
Eine freigiebige Gymnasiastin, unfreiwillige Beichtgängerin, ehrgeizig und charakterstark

Das Schachfeld
Eine große Stadt in Deutschland mit einem Freilandschachfeld im Stadtpark, einem Rathaus, einem Supermarkt, einer Großbäckerei, einem städtischen Theater, einer Polizeistation, einer Strafvollzugsanstalt, mehreren Kneipen und Diskotheken, einem Hauptbahnhof, einem Friseursalon, einer Ausländerbehörde, einem schwedischen Möbelhaus, einem Flugplatz, einem städtischen Krankenhaus, einem Waldfriedhof, einer idyllischen Flusslandschaft, einer Versicherungsagentur, mehreren Banken, einem internationalen Hotel, einer Kleidersammelstelle vom Deutschen Roten Kreuz, einem leerstehenden Haus, einer Plattenbauwohnung und einem luxuriösen Appartement.

Die Legende
An einem Freilandschachfeld im Stadtpark, wo sich Obdachlose die Zeit mit Schachspielen vertreiben, tauchte eines Tages ein Privatier auf und fragte einen der Obdachlosen, ob er ihm das

Schachspielen beibringen könne. Er habe schon manches im Leben probiert. Aber Schach spielen könne er nicht, möchte es aber von ihm, und nur von ihm, lernen.

Eine mehr als ungewöhnliche Bitte, denn beide Männer, abgesehen von Alter und Statur, konnten nicht nur wegen ihrer Äußerlichkeiten wie Kleidung, Haarschnitt und Bart, sondern maßgeblich wegen ihrer gesellschaftlichen Stellung, unterschiedlicher nicht sein.

Nach reiflicher Überlegung und angeregt durch die „Schachpartie des Jahrhunderts", Byrne – Fischer, New York 1956, machte der Obdachlose dem Privatier ein Angebot. Er schlug eine „Rochade" vor. Beim Schach ein Doppelzug von König und Turm, die bei diesem Zug in etwa ihre Positionen tauschen. Im vorliegenden Fall ein Rollentausch. Ein Tausch ihrer Positionen, eine „Rochade" ihrer gesellschaftlichen Stellung, jedoch auf absehbare Zeit. Nur unter dieser Bedingung wäre der Obdachlose bereit, den Privatier im Schachspiel zu unterrichten. Ein mehr als ungewöhnlicher Vorschlag.

Hier tut sich unwillkürlich eine Parallele zu der „Schachpartie des Jahrhunderts" mit der verpassten Chance für eine Rochade auf. Hätte Byrne im 11. Zug nicht Lf4-g5 gespielt, sondern mit Lf1-e2 die Rochade vorbereitet, wäre diese Partie anders verlaufen und hätte vielleicht einen anderen Ausgang genommen. So setzte ein schwarzer Turm den weißen König nach 41 Zügen matt.

Hätten sich nicht ein Obdachloser und ein Privatier auf eine „Rochade", den „Schachzug des Jahrhunderts" geeinigt, wäre nicht nur ihr Leben, sondern auch das von vielen weiteren Personen anders verlaufen.

Denn mit ihrer „Rochade" sollte eine Schach-Legende neuerer Zeit Wirklichkeit werden.

***

Zug um Zug

Rudi kroch in seinen schäbigen, an vielen Stellen abgewetzten Schlafsack. Zuvor hatte er sich eine Flasche Bier genehmigt und begonnen, die Partie Donald Byrne gegen Bobby Fischer nachzuspielen. Er hatte nach dem 11. Zug von Weiß Lf4-g5 die Partie abgebrochen. Er dachte noch, dass dieser Zug ein Fehler war, denn Weiß hätte besser Lf1-e2 spielen sollen, um eine Rochade vorzubereiten. Aber dann übermannte ihn plötzlich die Müdigkeit, sodass er sich nicht mehr auf das Spiel konzentrieren konnte. Er schob das Schachbrett beiseite, löschte die Kerze und schloss die Augen. Aber der Schlaf wollte nicht kommen. Die Bilder der Vergangenheit stiegen aus der Nacht. Sein bisheriges Leben zog wie ein Film an ihm vorbei.

Die Geschichte des Rudi Turm

*Der Turm ist eine starke Figur und kann
alle Felder des Schachbretts erreichen.
Der Turm – ein Fels in der Brandung!*

Rudi war einer der Obdachlosen dieser Stadt und lebte seit Jahren auf der Straße. Nur zufällig hatte er das leerstehende Haus entdeckt, als er sich auf der Suche nach Pfandflaschen in dieses abgelegene Viertel verirrte.

Zuvor hatte er dem Leergutautomaten eines großen Supermarktes seine „gesammelten Schätze" übereignet und beim Einlösen des Leergutbons auf ein Lächeln der hübschen Verkäuferin an der Kasse gehofft, aber vergebens. Freundliche Worte hatte Rudi sowieso nicht erwartet, aber vielleicht doch wenigstens ein mitfühlendes Lächeln. Aber die junge Frau hatte keine Notiz von

15

ihm genommen. Sie hatte, wie es schien, nur für einen Moment mit unbewegter Miene die Luft angehalten, als sie ihm die paar Münzen zuschob, die nicht einmal für eine Flasche Bier gereicht hätten.

Die verschlossene Hintertür zu öffnen, war kein Problem gewesen. Zum Glück hatte die altmodische Tür kein Sicherheitsschloss, und er konnte sie mit einem Dietrich leicht öffnen.

Nachdem er das Haus von oben bis unten gründlich in Augenschein genommen hatte, beschloss er spontan, in einem der Erdgeschossräume sein Nachtlager einzurichten. Eine schäbige Matratze war auch noch vorhanden. Außerdem konnte er hier seine wenigen Habseligkeiten unterbringen. Wie lange das wohl so gehen könnte, war ihm erst einmal egal. Er lebte von heute auf morgen in den Tag hinein. Er hatte auch kein Problem damit, dass das Wasser abgestellt war und die Elektrik nicht funktionierte. Hauptsache, er hatte für die Nacht ein Dach über dem Kopf und musste nicht auf einer der Parkbänke schlafen. Natürlich würde er keinem der anderen Penner seine Bleibe verraten, denn dann hätte er sicher bald den einen oder anderen Schlafgenossen am Hals. Bei denen konnte man nie sicher sein, ob die auch immer ehrlich und nicht auf seine bescheidene Habe scharf waren.

Als zweites Kind eines Seemanns und einer Krankenschwester, musste seine Mutter ihn und seine zwei Jahre ältere Schwester allein durchbringen, was in der Nachkriegszeit trotz Wirtschaftswunder nicht immer einfach war. Seinen Vater, einen stets fröhlichen Menschen mit breiten Schultern und sonnenverbranntem Gesicht, kannte er nur von Bildern. Ihn erreichte die Nachricht von der Geburt des Sohnes nicht mehr. Wenige Tage vor der Niederkunft seiner Frau fand er den Seemannstod. Sein Schiff war bei einem schweren Nord-West-Sturm in der Nordsee gesunken. Niemand konnte gerettet werden.

Der heranwachsende Rudi lernte schon früh, für sich selbst zu sorgen. Zugegeben, nicht immer legal, aber nie kriminell. In der Schule war er ein eher mittelmäßiger Schüler. Nur im Rechnen gehörte er zu den Besten. Und er konnte logisch denken.

Schon in Klasse eins oder war es in Klasse zwei, so genau wusste er das nicht mehr, entdeckte er die Liebe zum Schachspiel. Sein Mathematiklehrer, ein begeisterter Anhänger dieses Spiels, wollte einen Schachzirkel ins Leben rufen und das Interesse seiner Schüler für dieses königliche Spiel wecken. Und so erzählte er Rudi und seinen Mitschülern in einer der Unterrichtsstunden die ihm bekannte Geschichte von der Erfindung des Schachspiels und der „Weizenkorn-Legende". Rudi hatte fasziniert der Erzählung gelauscht und war, ohne lange zu überlegen, zur nächsten Schachstunde erschienen. Es war der Anfang einer großen Leidenschaft. Während die anderen Jungen nach der Schule johlend auf der Straße herumtobten, saß er nun stundenlang am Tisch in der Wohnküche und spielte Schachpartien auf einem Schachbrett nach, das er nebst den dazugehörenden Figuren für ein paar Groschen auf einem Trödelmarkt aufgetrieben hatte.

Nach Abschluss der Schule begann er eine Lehre als Baumaschinist. Sein Chef bescheinigte ihm gute Arbeit, hohe Einsatzbereitschaft und ein höfliches Auftreten und bot ihm nach Beendigung der Lehrzeit eine Stelle als Baggerfahrer an. Nun verdiente er gutes Geld und hätte sich bestimmt ein neues Schachbrett leisten können. Aber aus irgendeinem Grund, den er selbst nicht benennen konnte, wollte er sich von seinem alten Brett nicht trennen.

Viele Menschen suchten nach den entbehrungsreichen Kriegsjahren Zerstreuung. Besonders junge Leute wollten Spaß. Auf einer der vielen Tanzveranstaltungen, die nach dem Krieg wieder in Mode gekommen waren, lernte er Lilli kennen und verliebte sich auf den ersten Blick in sie. Er hatte all seinen Mut zusammengenommen und sie zum Tanz aufgefordert, obwohl er beileibe kein guter Tänzer war. Aber offenbar spielte das für sie keine Rolle. „Liebe und Vertrauen sind die Schlüssel zum Glück", hatte sie gesagt, und seine Liebe wurde erwidert. Und so trafen sie sich in der Folgezeit häufig.

Als sie heirateten, konnten sie sich einen bescheidenen Wohlstand leisten. Eine gemütliche Wohnung in einer der Neubauten, die nach Kriegsende wie Pilze aus dem Boden schossen, wurde ihr Heim. Lilli war für ihn die erste Frau und die Liebe seines Lebens.

Ihre Hochzeitsreise führte sie an die Nordsee. Sie wollten für zwei Wochen ein Zimmer in einer Pension mieten, aber durch einen glücklichen Zufall kam alles anders. Rudi war noch nie am Meer und sofort von Ebbe und Flut sowie der herben Schönheit dieser Landschaft begeistert. Und er dachte an seinen Vater, der in der unendlichen Weite des Meeres seine letzte Ruhe gefunden hatte. Als sie über die Strandpromenade spazierten, standen sie plötzlich vor einem Freilandschachfeld, das in den Dünensand gebaut worden war und auf dem gerade gespielt wurde.

„Toll, diese Idee. Ein Freilandschach. Für jedermann zugänglich", dachte Rudi. Er schaute interessiert den Kontrahenten zu und vertiefte sich in das Spiel. Der ältere der beiden war am Zug, der jüngere im Vorteil und sah sich schon als Sieger. Jedenfalls seiner Körpersprache nach zu urteilen. Aber mit einem entscheidenden Zug hätte der ältere das Spiel offenhalten können.

Der wollte schon nach einem Bauern greifen, als Rudi ungewollt ein „So-nicht" entfuhr. Überrascht schaute der ältere der Spieler Rudi an. „Können Sie Schach spielen? Wie würden Sie denn setzen?", fragte er. „Eigentlich darf ich mich ja nicht einmischen und das ‚So-nicht' ist mir unabsichtlich rausgerutscht. Aber wenn ich nun schon mal gefragt werde? Ist ja nur Freizeitschach, kein Turnier. Ich würde Ihnen raten, die Rochade zu spielen. Sicher sehen Sie selbst, dass dadurch Ihr König durch zwei Bauern geschützt ist und der Turm in eine bessere Position gebracht wird." Der Ältere überlegte kurz, dankte für den Rat und spielte die Rochade. Am Ende ging das Spiel remis aus.

„Darf ich Sie und Ihre Frau auf einen Kaffee einladen?" Der Fremde hatte sich an das Paar gewandt. „Sie würden mir eine große Freude machen. Übrigens nochmals danke. Es hat mir schon gutgetan, dass ich gegen diesen Großtuer nicht verloren habe. Eigentlich kenne ich den gar nicht. Ich saß dort am Schachfeld, und er hat mich zu diesem Spiel herausgefordert. Na ja, ich hatte Zeit."

Rudi, überrascht von der Einladung und unschlüssig, sah Lilli an, und als die unmerklich nickte, stimmte er letztlich zu. Kurze

Zeit später saßen sie in einem gemütlichen Strandcafé. Die Unterhaltung war lebhaft. Der Fremde erzählte ihnen, dass er jedes Jahr seinen Urlaub am Meer verbringe und nun noch zwei Tage hier im Badeort drangehängt habe. Er käme von seinem Freund, der auf einer kleinen, der Küste vorgelagerten Insel wohne. Der vermiete in seinem Katen ein gemütliches Ferienzimmer. Es sei ja gerade frei geworden. Ob sie nicht Lust hätten, dort ein paar Ferientage zu verbringen. Er könne das arrangieren. Er kenne auch einen Fischer, der sie mit seinem Boot übersetzt und wieder abholt.

Das Angebot schien verlockend. Das Seebad war ihnen sowieso viel zu laut und zu voll von Menschen. Sie suchten Ruhe und Natur für ihre Zweisamkeit. Also stimmten sie nach kurzer Beratung zu und wenige Stunden später saßen sie in einem Fischerboot, das sie bei der einsetzenden Flut und einem atemberaubenden Sonnenuntergang auf die Insel brachte. Ein weißhaariger Mann mit Bart, eine Seemannsmütze auf dem Kopf und eine Pfeife im Mund, empfing sie an der Anlegestelle. Er heiße Fiete Jensen und freue sich über ihr Kommen. Er lud ihr Gepäck in einen Bollerwagen und fuhr mit ihnen zu dem mit Schilfrohr gedeckten Häuschen hinter den Dünen. „Machen Sie es sich bequem. In einer halben Stunde gibt es Abendbrot. Nichts Besonderes, nur Labskaus. Aber seien Sie heute Abend meine Gäste. Es ist schön, Gesellschaft zu haben."

Und nach dem gemeinsamen Abendessen erzählte er bei einem kühlen, friesisch herben Pils seinen Gästen, dass er als Kapitän alle Weltmeere befahren und sich auf dieser Insel zur Ruhe gesetzt habe. Er sei jetzt in seinem vorletzten Hafen eingelaufen und mit sich und dem Leben im Reinen. Eine Frau habe er nicht gehabt. Er wollte keiner ein Leben als Seemannswitwe zumuten, denn er war nur mit großem Glück vor Kap Horn einer Katastrophe entronnen. Manchmal bedaure er zwar, dass er nicht geheiratet habe, aber dafür sei es nun zu spät. Dann steckte er sich seine Pfeife an und blickte gedankenverloren den Rauchwölkchen hinterher. Aber kurze Zeit später hatte er sich wieder gefangen und fragte Lilli und Rudi nach ihren Berufen. Als Rudi ihm erzählte, dass er

19

Baggerfahrer sei, lachte er und meinte, dass er ja eigentlich auch Kapitän sei. Nur dass er nicht ein Schiff, sondern einen Bagger führe. Und er gratulierte Lilli zu ihrem Beruf als Hebamme, denn sie habe das große Glück, oft das Wunder der Geburt eines neuen Lebens zu erleben. Spontan hob er sein Glas und prostete den beiden zu. „Auf euch, ihr Landratten."

Die Tage auf der Insel vergingen wie im Traum. Sie genossen die Ruhe, die nur vom Rauschen des Windes und dem Tosen der Wellen unterbrochen wurde und planten ihre gemeinsame Zukunft. Lilli sagte ihm, dass sie seine Schachleidenschaft teile. So manches Mal hatte sie schon mit dem Gedanken gespielt, ihm ein neues Brett und passende Steine zu kaufen, aber das Vorhaben immer wieder verworfen, weil sie wusste, wie sehr er an seinem alten Schachbrett hing. Zwar ermunterte sie ihn, auch mal an einem Turnier teilzunehmen, aber Rudi war unschlüssig und gestand ihr das auch. „Ich glaube, ich bin zu schüchtern und habe Angst, mich in der Öffentlichkeit zu blamieren. Vielleicht später einmal."

Sie machten lange Spaziergänge in der Dünenlandschaft, badeten im Meer und liebten sich am Strand. Nur Sonne, Mond und Sterne sahen ihr Glück. Es hätte vollkommener nicht sein können.

Aber alles hat einmal ein Ende. Auch ihr Aufenthalt am Meer. Das Leben ist wie Ebbe und Flut, ein Kommen und Gehen, ein Werden und Vergehen. Das mussten auch sie erfahren. Sie wollten ihr Glück festhalten. Doch der letzte Urlaubstag war angebrochen, und die Wirklichkeit forderte ihr Recht. Ein letzter Spaziergang am Strand. Dann sollten sie Fiete Jensen und die Insel ihres Glücks verlassen. Der Fischer brachte sie in die Wirklichkeit zurück.

Wieder im Alltag angekommen, hatte Lilli ein Buch mit Schachpartien großer Meister aufgetrieben. Das schenkte sie Rudi zum Geburtstag, drei Zeilen als Widmung:

„In der Weizenkorn-Legende steckt viel Wahres.
Schach ist nicht nur ein Spiel, Schach hat eine Seele.
Es ist eine Lebensphilosophie, die diese Welt besser machen könnte."

Als er das las, brachte er vor Rührung und Überraschung keinen Ton heraus. Dann drückte er sie fest an sich und wollte gar nicht von ihr lassen. „Das hatte sie geschrieben? Was hatte er doch für eine kluge Frau."

Immer noch unter dem Eindruck ihres Geschenkes und mit dem Gedanken an das Schachfeld im Seebad, machte Rudi seinem Chef den Vorschlag, sich bei der Stadtverwaltung für den Bau eines Freilandschachs im Stadtpark zu bewerben. Die Idee war ihm schon im Seebad an der Nordsee gekommen und spukte seitdem in seinem Kopf herum. Der Bürgermeister stimmte dem Vorschlag zu, setzte ihn auf der nächsten Stadtratssitzung durch, und die Stadt beauftragte Rudis Chef mit der Ausführung. Rudi fuhr seinen Bagger in den Park, um die Grube für den Unterbau des Schachfeldes auszuheben. Er war damit schon fast fertig und freute sich auf den Feierabend, als plötzlich die Baggerschaufel gegen etwas Großes stieß. Zuerst glaubte er, dass es sich um einen Findling handele. Schon oft hatte er große Steine vor der Baggerschaufel. Er wollte schon die Schaufel etwas tiefer ansetzen, stieg dann aber doch vom Bagger, um sich das Hindernis genauer anzusehen und traute seinen Augen nicht. Da lag sie vor ihm, die Fliegerbombe aus dem Zweiten Weltkrieg. Er hatte ein Riesenglück, dass dieser Blindgänger bei den Baggerarbeiten nicht explodierte. Der Zünder war unbeschädigt geblieben, und Rudi war noch einmal mit dem Leben davongekommen. Der Kampfmittelbeseitigungsdienst übernahm das Risiko des Entschärfens.

Froh über die gute Nachricht, dass ihrem geliebten Mann nichts passiert war, umarmte Lilli ihn und flüsterte ihm ins Ohr, dass sie ein Kind erwarte. Er konnte sein Glück kaum fassen. Er war dem Tod von der Schippe gesprungen und jetzt wurde er auch noch Vater. So viel Glück auf einmal durfte es doch nicht geben.

Das Schachfeld war fertig, und da gerade Bürgermeisterwahlen anstanden, ließ es sich der amtierende Bürgermeister nicht nehmen, es durch ein öffentliches Spiel einzuweihen. Er selbst wollte einer der Schachpartner sein. Regionalfernsehen und Presse waren eingeladen. Der Bau des Schachfeldes sollte als seine besondere Leistung in der vergangenen Amtszeit herausgestellt werden. Rudi wurde gefragt, ob er nicht Lust hätte, gegen den Bürgermeister zu spielen. Er lehnte ab. Er wollte diesen Rummel nicht. Also musste ein anderer Schachpartner her, der aber leicht zu finden war. Den lockte die Zurschaustellung seiner Persönlichkeit in der Öffentlichkeit, was aber gründlich daneben ging. Der Regisseur war ein Parteifreund des Bürgermeisters. Im Fernsehbeitrag war der Schachpartner des Bürgermeisters eine Randfigur und nur kurz im Bild, der Bürgermeister selbst fast die gesamte Spieldauer. Doch letztlich verlor der nicht nur das Spiel, sondern auch die Wahlen. Bei der Schachpartie hätte er eine Rochade und keinen Damenabtausch spielen sollen. Und von den Wählern wurde er wegen Vetternwirtschaft und schlechter Finanzen abgestraft. Infolge der explodierenden Kosten beim Bau des neuen Rathauses musste das städtische Theater schließen. Das Rathaus war für ihn wichtiger als ein Schauspielhaus. Für Kultur war kein Geld mehr in der Stadtkasse.

Als letzte Vorstellung spielte das Ensemble *Hamlet*. Die attraktive, erst achtzehnjährige Johanna Frei überzeugte als Ophelia, Tochter des Polonius. Und als Marcellus, einer der Offiziere, ansetzte: *„Etwas ist faul …"* und bewusst eine kleine Pause machte, sprang plötzlich einer der Besucher im Parkett auf und ergänzte spontan, für alle unüberhörbar *„… in unserer Stadt"*.

Das Publikum raste. Die Vorstellung musste für Minuten unterbrochen werden. Trotz ihrer nicht zu beneidenden Situation konnten die Schauspieler vor Lachen und Applaus nicht weiterspielen. Neben dem Bürgermeister waren viele Honoratioren und Vertreter aus Politik und Wirtschaft anwesend und wurden Zeuge dieses Schauspiels. Doch der, dem die Botschaft galt, war unter Protest aufgesprungen und hatte seinen Platz in der Loge fluchtartig verlassen. Er wurde von den anwesenden Theaterbesuchern mit Pfiffen verabschiedet. Als Rudi davon hörte, war er im Nachhinein froh, nicht gegen den ausgepfiffenen Chef der Stadtverwaltung gespielt zu haben.

Wenige Wochen nach der Einweihung des Schachfeldes zogen dunkle Wolken am Horizont auf. Es begann damit, dass Lilli starke Schmerzen bekam und in das städtische Krankenhaus eingewiesen wurde. Trotz aller ärztlicher Kunst und obwohl sie als Hebamme vielen Kindern auf dem Weg ins Leben geholfen hatte und über genügend Erfahrung bei Schwangerschaften verfügte, verlor sie ihr ungeborenes Kind. Ihr beider Kinderwunsch zerplatzte mit der Fehlgeburt wie eine Seifenblase. Ihre Ehe sollte kinderlos bleiben. Nach ärztlicher Diagnose konnte sie keine Kinder mehr bekommen.

Doch damit nicht genug. Während einer Routineuntersuchung wurde bei ihr Krebs diagnostiziert. Die heimtückische Krankheit hatte sich bereits unbemerkt im ganzen Körper ausgebreitet und Heilung war nicht mehr möglich. Lilli fand auf dem stillen Anger des Waldfriedhofs ihre letzte Ruhe. Und da seine Schwester vor zwei Jahren an der gleichen Krankheit gestorben war und seine Mutter auch nicht mehr lebte, stand Rudi plötzlich ohne Familie und Beistand da.

Der Schmerz über den Verlust seiner geliebten Frau zerriss ihm fast das Herz. Sicher, er war von Natur aus ein verschlossener Mensch, ja vielleicht sogar ein Einzelgänger. Aber nun zog er sich ganz in sein Inneres zurück. Auch die Liebe zum Schachspiel half ihm nicht über den Kummer hinweg. Rudi Turm, sonst immer stark, begann zu wanken.

Die Einsamkeit war erdrückend. Er konnte sie nicht ertragen und fiel in ein tiefes Loch. Er suchte Trost im Alkohol und begann zu trinken. Erst waren es nur ein paar Bier nach Feierabend in der Kneipe an der Ecke, wo er Abend für Abend allein an einem Tisch in einer Nische saß und erst wenn der Wirt die Stühle zum Feierabend hochstellte, das Lokal verließ. Die unmissverständlichen Blicke und Annäherungsversuche der Kellnerin ignorierte er, obwohl er sie sympathisch fand und schon des Öfteren daran gedacht hatte, sie nach Hause zu bringen, um der Einsamkeit zu entfliehen. Aber dann war da plötzlich das Bild seiner verstorbenen Frau, und er kam sich treulos vor.

Bald reichte Bier nicht mehr, um seinen Kummer zu ertränken. Und obwohl er schon mehrmals versucht hatte, dem Teufel Alkohol zu entfliehen, geriet er immer tiefer in die Hölle der Abhängigkeit. Er griff zu härteren Sachen und trank auch während der Arbeit. Aber Baggerführer und Alkohol passen nun einmal nicht zusammen, und da seine Trinkerei nicht unbemerkt blieb, folgte nach zwei Abmahnungen unweigerlich die Kündigung. Der Abgrund, der sich vor Rudi auftat, wurde tiefer und tiefer. Und da er keine Hilfe suchte, konnte er auch nicht auf Hilfe hoffen.

Eine neue Arbeitsstelle fand er nicht, so sehr er sich auch bemühte. Niemand wollte einen Trinker einstellen. Inzwischen hatte das Pfandhaus schon reichlich an ihm verdient. Nur sein altes Schachbrett hütete er, aller finanziellen Misere zum Trotz, wie seinen Augapfel. Weil er die fälligen Rechnungen nicht mehr bezahlen konnte, wurden Wasser und Strom abgestellt. Und als ihm nach mehreren Monaten Mietschulden auch noch die Wohnung gekündigt wurde, war er endgültig in diesem Teufelskreis gefangen. Ohne Arbeit keine Wohnung, ohne Wohnung keine Arbeit. Rudi landete auf der Straße.

Seine ganze Habe passte in einen Rucksack und zwei Plastiktüten, als er nach einer Zwangsräumung die Wohnung verlassen musste. Als Letztes schnappte er sich noch sein Schachbrett, das er in eine Decke eingeschlagen hatte und sich unter den Arm klemmte. So wurde er einer der Obdachlosen dieser Stadt, auf Almosen angewiesen, verachtet oder bemitleidet. Er spielte kurzzeitig mit dem Gedanken, sich von dieser Welt zu verabschieden, aber dazu fehlte ihm der Mut.

So vergingen die Jahre, und im Laufe der Zeit hatte er sein Schicksal akzeptiert. Er stumpfte ab und lebte von einem Tag auf den anderen. Nur die Liebe zum Schachspiel war ihm noch geblieben, eine Leidenschaft aus einem früheren Leben. Und ein Rest von Stolz, allen Widrigkeiten zum Trotz.

***

Als endlich der Schlaf kam und eine bleierne Erschöpfung in seinen Körper kroch, dachte er noch, dass er irgendwann die unterbrochene Partie zu Ende spielen wird. Die Partie aus der achten Runde des Rosenwald-Memorial-Turniers von New York, die den damals erst dreizehnjährigen Bobby Fischer über Nacht bekannt machte. Irgendwann würde er noch einmal über die von Weiß verpasste Chance, die Rochade vorzubereiten, nachdenken. Und mit dem Gedanken an diese verpasste Möglichkeit war er eingeschlafen.

Als Rudi am Morgen aus dem Schlafsack kroch, hätte er beinahe die Figuren auf dem Schachbrett umgestoßen. Ach ja, er hatte doch gestern Abend Byrne gegen Fischer bis zum 11. Zug von Weiß nachgespielt. Und irgendwann wollte er die Partie zu Ende spielen. Also Vorsicht!

Er fuhr sich über sein immer noch volles, aber ungepflegtes Haar und durch den struppigen Bart und dachte zu Recht, dass er eigentlich mal wieder zum Friseur müsste. Aber woher das Geld nehmen? Er konnte sich doch nicht schon wieder von Yusuf kostenlos Haare und Bart schneiden lassen. Das ging gegen seine Ehre. Wann war er eigentlich das letzte Mal bei Yusuf gewesen? Bei Yusuf dem Türken, der seinen Herrensalon in den Passagen am Hauptbahnhof hat.

An einem eisigen Wintertag war Rudi an den zahlreichen Geschäften der Passage im Hauptbahnhof vorbeigeschlurft. Er wollte sich in der großen Abfertigungshalle ein wenig aufwärmen und nebenbei in den Abfallkörben nach Pfandflaschen suchen. Vielleicht fand er ja auch ein Paar brauchbare Schuhe. Rein zufällig war er auch an Yusufs Laden vorbeigekommen, als dieser gerade vor seinem Friseurgeschäft stand und auf Kundschaft wartete. Der fremdländisch aussehende Mann hatte ihn plötzlich angesprochen, und Rudi war völlig überrascht stehen geblieben. „He Mann. Du wieder mal musst zum Barbier. Siehst aus wie guter Mensch. Hast gute Augen. Glaub mir, ich kenn Leute. Komm, ich schneide Haare für wenig Geld. Wann du nicht hast genug, macht nix. Und wann du hast keins, is auch egal. Yusuf auch guter Mensch. Yusuf Haarabschneider, nix Halsabschneider."

Rudi hatte kurz gezögert und unschlüssig den Türken gemustert, war ihm dann aber doch in den Laden gefolgt. Der scheint es ehrlich zu meinen, dachte er noch kurz, als er es sich, immer noch zögerlich, auf dem Stuhl bequem machte. So war er damals unverhofft zu einem Haarschnitt, einer Rasur und einem ebenfalls kostenlosen Aufwärmen bei einer Tasse von diesem Gebräu, das Yusuf stolz türkischen Kaffee nannte, in dessen Friseursalon gekommen. Beim Haareschneiden und Rasieren hatte der Türke Melodien aus *Der Barbier von Sevilla* und *Die Hochzeit des Figaro* gesummt und keine Fragen gestellt.

Und es war nicht bei diesem einen Mal geblieben. Ja, es entwickelte sich in der Folgezeit beinahe so etwas wie eine Freundschaft zwischen den beiden Männern. Denn auch Rudi fand, dass Yusuf ein guter Mensch war. Der hatte kein Schild „Für Obdachlose Zutritt verboten!" an der Ladentür. Der hatte sich nie über Rudis schäbige Kleidung aus der Sammelstelle vom Deutschen Roten Kreuz mokiert. Der hatte immer mit Rudi geredet, ohne neugierige Fragen zu stellen.

Er hatte ihm die Haare geschnitten und den Bart gestutzt, ohne vorher nach Geld zu fragen. Er hatte ihm immer einen Vorzugspreis eingeräumt oder auch mal kein Geld verlangt. Und er hatte ihm einmal mehr beim Verabschieden gesagt: „Du guter Mensch. Du kannst kommen, immer du willst. Yusuf Haarabschneider, nix Halsabschneider." Rudi fand den Ausspruch witzig, denn Yusufs Messer war beim Rasieren oft gefährlich nah an der Kehle der Kunden. Und auf seine eigene Person bezogen, wusste der Türke bestimmt aus eigener Erfahrung, dass so ein Kunde wie Rudi immer ein wenig Zuwendung und Hilfe brauchen könnte.

Die Geschichte des Yusuf Piyon

Der Bauer gilt als der schwächste Stein beim Schach,
kann aber im Spielverlauf eine starke Figur werden.
Der Bauer – die halbe Wahrheit!

Yusuf war vor zehn Jahren nach Deutschland gekommen. Er hatte mit dem Erreichen der Volljährigkeit seine Familie und die anatolische Kleinstadt verlassen, um in dem gelobten deutschen Land „Deutschmark" zu verdienen. Seine Mutter war mit vierzehn Jahren zwangsverheiratet worden und hatte mit fünfzehn ihr Erstes von sieben Kindern bekommen. Yusuf war ihr zweitältester Sohn und ein bildhübsches Kind. Er hatte die braunen Augen und das pechschwarze Haar seiner Mutter geerbt. Und er war immer fröhlich. Ein grenzenloser Optimist. Der Vater, ein hoher Beamter in türkischen Diensten, konnte sich wegen seiner Stellung eine große Familie leisten und musste natürlich auch wegen seines Ansehens viele Kinder haben. Deswegen galt er in der türkischen Kleinstadt als reicher Mann mit weitreichenden Beziehungen.

Nachdem Yusuf die Schule beendet hatte, gab der Vater ihn in die Lehre zu einem Freund, der einen Friseursalon betrieb. Ein Handschlag und ein „cömert bahsis", reichliches Trinkgeld, besiegelten den Handel. Hier erlernte Yusuf das Friseurhandwerk. In der Türkei war Friseur immer noch ein angesehener Beruf.

Schon während seiner Lehrzeit reifte in Yusuf der Entschluss, auszuwandern. Er wollte sich aus der Bevormundung seines Vaters und aus den Zwängen des strengen islamischen Glaubens befreien. Dreimal am Tag beten, ist doch verrückt, dachte er. Was soll das und wem nützt das? Er fühlte sich als Weltenbummler. Und Deutschland schien ein gutes Sprungbrett zu sein.

Kaum war die Lehrzeit vorbei, verließ er bei Nacht und Nebel mit seinem Zeugnis und den notwendigen Papieren in der Tasche die Türkei in Richtung Westen. Er war Teilnehmer der modernen Völkerwanderung dieser Zeit geworden.

Aber aller Anfang ist schwer, das musste auch er bald erfahren. Der deutschen Sprache nicht mächtig, wurden Wohnungssuche und Behördengänge im deutschen Bürokratiedschungel für ihn zur Tortur. Das hatte er sich alles leichter vorgestellt. Aber Yusuf war jung, ehrgeizig und lernte schnell. Bald fand er Freunde und Unterstützung durch Landsleute. „Freundschaft ist wie Luft zum Atmen", meinte Yusuf, der auch half, wo er konnte. Und da ihm auch noch das Glück hold war und er im Lotto gewann, war es nicht verwunderlich, dass er schon nach wenigen Jahren seinen eigenen Salon eröffnete. Nur mit der Sprache wollte es nicht so recht klappen. Aber das war ihm egal, solange noch alle verstanden – Yusuf Haarabschneider, nix Halsabschneider.

Die Zeit verging, und aus dem Möchtegern-Weltenbummler Yusuf war ein fleißiger Barbier geworden. Er blieb in Deutschland und in dieser Stadt hängen. Aber noch immer war er solo. Doch zum Glück war er nicht in der Türkei, wo sein Vater ihm eine Braut ausgesucht hätte. Hier konnte er selbst die Initiative ergreifen, wollte er nicht Junggeselle bleiben. Und da er das nicht wollte, griff er bei der ersten sich bietenden Gelegenheit mit beiden Händen zu.

**

Lola lernte er bald nach seiner Ankunft in Deutschland kennen. Sie arbeitete im Supermarkt, wo Yusuf sein Hammelfleisch kaufte. Wegen der zahlreichen Türken in diesem Viertel hatte es der Markt im Sortiment. Lola hatte schulterlanges kastanienbraunes Haar, ein verdammt hübsches Gesicht und eine super Figur. Sie hatte von einer Karriere als Model geträumt und mit siebzehn an einem Schönheitswettbewerb teilgenommen. Allerdings ohne durchschlagenden Erfolg. Ihr Becken war zwei Zentimeter zu breit. Ihr Manager zeigte danach kein Interesse mehr an ihr und damit war ihre Modelkarriere beendet. Kurze Zeit später merkte sie, dass sie schwanger war. „Dieser Schuft", war dazu ihr kurzer Kommentar. Und damit war die Angelegenheit für sie erledigt.

Aber das lag schon Jahre zurück und jetzt saß sie im Supermarkt an der Kasse. Zum Glück war ihr Becken davon nicht breiter geworden.

Immer wenn Yusuf bei ihr bezahlte, lächelte sie ihn an und er lächelte zurück. Eines Tages, als er erneut aufkreuzte, fragte sie ihn unvermittelt, wieder mit einem Lächeln in ihrem verdammt hübschen Gesicht: „Was? Schon wieder Hammel?"

„Nicht für Yusuf allein. Freunde auch", war seine Antwort, ebenfalls mit einem Lächeln.

An diesem Abend fasste sich Yusuf ein Herz und wartete auf sie nach Marktschluss am Personalausgang. „Jemand warten auf dich zu Hause?" Und als sie verneinte: „Ich dich bringen. Okay?" Es war ihr mehr als recht. Der Fußweg zu ihrer Wohnung war unsicher und schlecht beleuchtet. Männlichen Schutz konnte sie gut gebrauchen. Schon oft war sie angemacht worden.

„Komm mit rein, ich koch uns einen Kaffee", lud sie ihn ein.

„Türkisch?"

„Nein, Filter", war ihre Antwort. Und bei einer Tasse Filterkaffee erzählte sie ihm, dass das Leben als alleinerziehende Mutter nicht leicht ist. Schon mit achtzehn habe sie Anne-Sophie nach diesem „Verkehrsunfall" mit dem Schuft von Manager bekommen. Seitdem sitze sie an der Kasse im Supermarkt.

Yusuf tröstete sie: „Jetzt alles gut werden kann. Kind kein Problem für Yusuf. Und du bestimmt guter Mensch."

Lola war glücklich, dass Anne-Sophie nun einen Ersatzpapa hatte und sagte es ihm auch. Wie die meisten Türken war er kinderlieb und liebte die Kleine von Anfang an. Und sie ihn auch, denn noch nie hatte sich ein Mensch so viel mit ihr beschäftigt. Sie spielten Blindekuh, bis Yusuf die Vase mit den holländischen Tulpen aus dem Supermarkt umriss. Dann mussten sie sich neue Spiele ausdenken.

Zwei Wochen später stand er mit einer Reisetasche vor ihrer Wohnungstür und zog bei Lola ein.

Lola war zärtlich und anschmiegsam, und die in Liebesdingen erfahrene Frau weihte den noch unerfahrenen großen Jungen in die geheimsten Geheimnisse der körperlichen Liebe ein. Auch hier lernte er schnell und gründlich und hatte großen Spaß an ihren Liebesspielen.

Eines Abends brachte sie eine Flasche Sekt mit. Yusuf trank zum ersten Mal in seinem Leben Alkohol. Und das nicht aus einem Sektkelch, sondern aus dem Kelch eines Frauenkörpers mit einem Piercing am Bauchnabel in der Mitte. Dieses berauschende Getränk und das Trinkgefäß nicht gewohnt, war plötzlich seine Welt auf den Kopf gestellt. Er war das erste Mal in Lolas Armen nicht obenauf.

„Aber Bauchnabel und Sekt sind nicht alles", hatte sie einmal gesagt. Und das musste er bald schmerzlich erfahren. Ihr Glück blieb nicht ungetrübt, wie sich bald herausstellte. Ihre Beziehung basierte fast ausschließlich auf körperlicher Anziehung. Da war zwar auch noch die Sprachbarriere. Aber die war nicht entscheidend. Das Problem lag woanders. Wenn Lola arbeitete, hatte Yusuf häufig Besuch von Freunden, was sie eine Zeitlang tolerierte. Aber sie mochte kein Hammelfleisch essen, geschweige denn riechen. Und da Yusuf aus Tradition kein Schweinefleisch aß und er auch seine Freunde mit Hammel bewirten wollte, roch die Wohnung oft dementsprechend.

So kam es ständig zu Reibereien, und Lola bestand letztlich auf Trennung. „Lass gut sein, Yusuf", sagte sie zum Abschied, als er sie stumm und traurig anblickte. „Wir hatten eine schöne Zeit. Aber ich habe schon seit einer ganzen Weile das Empfinden, dass du bei deinem Dönerkonsum aus allen Poren nach Hammel riechst. Und du weißt doch, ich liebe zwar nacktes Fleisch, aber ich mag keinen Hammel."

Zum Abschied hatte sie ihn flüchtig geküsst, ihre Tochter bei der Hand genommen, die Yusuf mit einem Kloß im Hals traurig anschaute und ihm die Tür geöffnet.

Mit seiner Reisetasche in der Hand fand er sich auf der Straße wieder.

Fortan kaufte Yusuf sein Fleisch bei einem türkischen Metzger, der ein Halsabschneider war. Er schlachtete Hammel traditionell nach islamischem Brauch, indem er den Tieren mit einem rasier-klingenscharfen Messer die Kehle durchschnitt, immer das Schaf als Opferlamm und den Hackklotz als Altar betrachtend. Doch das Opfer war diesmal nicht das Schaf, sondern Yusuf, der für eine Wohnung ohne Geruch nach Hammel geopfert wurde.

***

Irina war eine sibirische Tigerin. Stark, wild und geschmeidig. Sie hatte grüne Augen, strohblondes Haar und eine super Figur mit entsprechenden Rundungen. Mit ihren Eltern nach dem GAU von Tschernobyl mit fünfzehn nach Deutschland gekommen, fand der Vater, ein ehemaliger Offizier der sowjetischen Zollbehörde, beim Zollamt auf dem Flughafen der Stadt eine Anstellung.

Sie war ein Sprachtalent. Auch in Geschichte wusste sie schwer Bescheid. Mit der Völkerwanderung hatte sie sich besonders intensiv beschäftigt. So lernte sie noch während der Schulzeit neben Deutsch die türkische Sprache und konnte nach Verlassen der Schule neben ihrer Muttersprache noch die zwei anderen fast perfekt. Folgerichtig betreute sie in der Ausländerbehörde, wo sie arbeitete, hauptsächlich Einwanderer aus Osteuropa und der Türkei. Dreimal die Woche trainierte sie in einem Fitnessstudio, um noch stärker und geschmeidiger zu werden.

Yusuf war nach dem Rauswurf bei Lola und der Notunterkunft bei Freund Ibrahim auf der Suche nach einer preiswerten Wohnung zufällig in ihrem Büro gelandet. Er hoffte auf die Hilfe der Behörden. Und Irina half mit Erfolg.

Er hatte seine neue Einraumwohnung mit einem bunten Teppich, den er bei einem türkischen Händler erstand und einigen Möbeln aus einem großen schwedischen Möbelhaus, darunter auch ein stabiles Bett aus Naturholz, eingerichtet, als Irina eines Tages plötzlich mit einer Flasche Wodka unterm Arm an seiner Wohnungstür aufkreuzte. Sie wollte die eingerichtete Wohnung besichtigen und mit ihm ein Glas auf den Einzug trinken. „Du Klasse bist", sagte Yusuf. „Komm rein."

Nach dem Konsum einer dreiviertel Flasche Selbstgebranntem, landeten sie im Bett. „Müssen gemeinsam probieren sofort, ob Bett stabil und Wände schalldicht", hatte Yusuf vorgeschlagen. Wie sich herausstellte, hatte er von Lola eine Menge gelernt. Irina war fordernd und zäh wie eine Katze. Die Wände waren schalldicht. Kein Nachbar hatte an die Wand geklopft. Auch nicht, als das Echtholzbett aus schwedischer Fichte zusammenbrach. „Macht nix", sagte Yusuf. „Is noch, wie sagt man, Garantie." Es stellte sich heraus, dass Yusuf die Bauanleitung nicht richtig gelesen und das Bett falsch zusammengebaut hatte.

Yusuf war mit den Tests, mit sich nach Mengen von Wodka und mit Irina zufrieden. Sie auch mit ihm und fortan kümmerte sie sich noch intensiver um ihn. Sie schleppte flaschenweise schwarz gebrannten, von Landsleuten am Zoll und an ihrem Vater vorbeigeschmuggelten Wodka an, vernachlässigte das Fitnessstudio und wurde trotzdem immer kräftiger und biegsamer.

„Aber Bett und Wodka nicht alles sind", sagte Yusuf eines Abends zu Irina. Denn als die überzeugte Vegetarierin ihn nach geräuschvollen Dehnungsübungen im Bett im Nachhinein mit Tofu und anderen Köstlichkeiten dieser Art verwöhnen wollte, streikte er und machte Irina klar, dass die Tests ab sofort beendet wären: „Er nix Korfu probieren. Er weiter Hammelfleisch essen wollen. Basta!"

Irina kullerten ein paar Tränen in ihr Wodkaglas, dessen Inhalt sie in einem Zug herunterkippte. Sie leerte auch Yusufs Glas in einem Zug und den Rest Wodka gleich aus der Flasche, biss ihn zum Abschied in die Oberlippe und verließ die Wohnung Richtung Ausländerbehörde, um einem anderen Asylbewerber eine Wohnung zu verschaffen und weiterhin Selbstgebranntem zu schmuggeln.

***

Virginia, eine siebzehnjährige Gymnasiastin aus christlicher Familie, streng katholisch erzogen, lernte er bald nach der Trennung von Irina kennen. Er hatte verschiedene Diskotheken, so auch eine bei jungen Leuten sehr gefragte, an diesem Abend in der Hoffnung besucht, wieder ein Mädchen für gemeinsame Stunden zu finden. Er hatte gerade am Tresen Platz genommen und sich einen doppelten Wodka *Gorbatschow* bestellt, als sie mit Freunden aufkreuzte. Das Mädchen mit den blauen Augen und dem langen blonden Pferdeschwanz hatte ihm sofort gefallen. Er ihr anscheinend auch, denn nach einem kurzen „Hallo" hatten sie den ganzen Abend nur noch Augen füreinander. Aus dem „Hallo" wurde ein „Na-klar" und so trafen sie sich in der Folgezeit in regelmäßigen Abständen in Bars oder Diskotheken. Damit ihre Eltern ja keinen Verdacht schöpfen sollten, erzählte Virginia ihnen, sie sei mit Freunden unterwegs.

Virginia war anders als Lola und Irina. Zwar war auch sie zärtlich und fordernd, aber auch abwehrend zugleich. Sie zeigte Yusuf ihre Liebe, wollte aber eine Liebe auf Dauer. Zärtlichkeit ja, aber das „andere" konnte warten. „Sex ist nicht alles", sagte sie zwar immer, aber nicht immer besonders überzeugend. Doch Yusuf wollte mehr, als nur Händchen halten. Lola und Irina hatten ihn verwöhnt.

Und so kam es, wie es kommen musste. Als sie nach einem angeblichen Liederabendbesuch erst weit nach Mitternacht die Haustür möglichst leise öffnete und heimlich in ihrem Zimmer verschwinden wollte, platzte die sich zart anbahnende Liebesbeziehung wie eine Seifenblase.

Ihre Eltern waren noch wach und hatten sich natürlich Sorgen gemacht. Sie wollten schon die Polizei alarmieren, weil ihre Tochter nicht zur gewohnten Zeit zurück war. Aber Virginia, wegen ihres Zuspätkommens zur Rede gestellt, erzählte den schockierten Eltern, alle Vorsicht vergessend, nichts Böses ahnend und immer noch berauscht vor Wonne, naiv und strahlend von ihrem Liebesglück. Sie hätte endlich das Gefühl der völligen Hingabe erfahren und wäre mit Yusuf im Himmel auf Erden gewesen, wo alle Engel das Lied der Glückseligkeit gesungen hätten. So was habe sie beim Beten noch nie erlebt.

Als der Vater, ein Finanzbeamter, das hörte, flippte er völlig aus. „Was, ein türkischer Rasierer? Bezahlt der überhaupt Steuern? So ein Halsabschneider. Na warte, die Akte soll mir mal unter die Finger kommen. Der kann sein blaues Wunder erleben." Es hätte nicht viel gefehlt, und die Hand wäre ihm ausgerutscht, um seiner Tochter zum ersten Mal eine Ohrfeige zu verpassen. Er konnte sich gerade noch beherrschen. Denn ein Finanzbeamter schlägt nicht. Weder einen Steuersünder noch die eigene Tochter. Der stellt ein Mahnschreiben oder einen Vollstreckungsbescheid aus. Und das tat er dann auch sofort und kompromisslos symbolisch. Er verhängte Stubenarrest für unbestimmte Zeit und regelmäßigen Besuch des Gottesdienstes.

Der Mutter erging es nicht viel anders. Auch sie fiel aus allen Wolken. Was hatte ihre Tochter da von völliger Hingabe, Glückseligkeit und Himmel auf Erden gefaselt? Das war doch nicht der Himmel. Das war doch die Hölle der Verdammnis. Aber dann dachte sie sofort wieder pragmatischer als ihr Steuerbeamter und wollte logischerweise unbedingt wissen, ob sie auch ein Kondom benutzt hätten, was die Tochter mit einem stummen Kopfschütteln verneinte. „Ach du lieber Himmel", war ihr Kommentar. „Auch das noch. Kaum zu glauben. Und dann noch ein Kameltreiber. Den Kerl wirst du nie wiedersehen. Hast du verstanden? Sex ist nicht alles. Das kann warten. Und dann gehört auch noch der richtige Mann dazu", keifte sie. „Und morgen früh gehst du zur Beichte. Schluss! Punkt! Aus!", befahl sie.

Virginia verstand die Welt und ihre Eltern nicht mehr. Was hatte sie denn Schlimmes getan? Klar, sie war zu spät nach Hause gekommen. Aber deswegen so ein Theater? Und es war doch nicht nur Sex, es ist doch Liebe. Ist Liebe denn etwa etwas Schlechtes? Und warum nicht Yusuf? Türken sind doch auch Menschen. Stumm machte sie kehrt und verschwand in ihrem Zimmer, wo sie sich in den Schlaf weinte, der aber lange nicht kommen wollte.

Am Morgen machten sich Mutter und Tochter auf den Weg zur Kirche. Virginia hatte immer noch ein verheultes Gesicht. Wie um alles in der Welt sollte sie das alles Yusuf beibringen?

Der Priester, dem sie den Verlust ihrer Jungfräulichkeit und das „Glücksgeschenk" an den Türken Yusuf unter Zwang und

Androhung weiterer Strafen durch ihre Mutter beichten musste, faltete stumm die Hände, blickte zur Decke des Beichtstuhls, dachte an die unbefleckte Empfängnis und murmelte: „Gütiger Gott im Himmel." Das war ihm noch nie passiert, dass ein junges Mädchen den Verlust ihrer Jungfräulichkeit beichtete. Ehebruch ja, das kam schon mal vor, auch unter den Schäflein seiner Gemeinde. Aber jungfräulicher Sex. Und dann auch noch mit einem Türken. Das schlug dem Fass den Boden aus und ihm am frühen Morgen gleich auf den Magen. Er war zwar ein Befürworter der Ökumene, aber das hier ging nun doch zu weit. Gut, dass in der Sakristei noch eine halbe Karaffe Messwein vom letzten Abendmahl stand. Auf diesen Schreck konnte er einen kräftigen Schluck gebrauchen.

„Gehe hin in Frieden, meine Tochter. Deine Sünden seien dir vergeben." Mit diesen Worten und der Vorfreude auf den Messwein entließ er Virginia aus dem Beichtstuhl und erlöste sie aus der Hölle der Verdammnis. Ob meine Eltern wohl auch so denken?, fragte sich das immer noch verstörte Mädchen.

Sie sah Yusuf noch einmal, um ihm weinend zu beichten, dass sie ihn sehr, sehr lieb habe, aber nicht mehr treffen dürfe. „Meine Eltern sind gegen unsere Liebe, und da ich noch nicht volljährig bin, muss ich mich fügen. Übrigens habe ich ihnen nicht erzählt, wie du mit Familiennamen heißt und wo du wohnst. Und das war gut so, denn inzwischen weiß ich, dass Sex mit Minderjährigen strafbar ist. So wirst du nicht ausgewiesen oder in einem türkischen Gefängnis landen. Dort soll es ja nicht so gemütlich sein wie in deiner Wohnung. Leb wohl Yusuf und vergiss mich! Es war schön mit dir. Ich werde dich nie vergessen, denn du hast mir den Himmel auf Erden gezeigt." Und mit diesen Worten war Virginia aus seinem Leben verschwunden.

Kurze Zeit später erfuhr er, dass sie und ihre Eltern die Stadt mit unbestimmtem Ziel verlassen hatten.

Nachdem der Vertreter Gottes auf Erden Virginia die Absolution erteilt hatte, geschah neun Monate später das Wunder, das Yusuf nicht erleben durfte. Es hatte die blauen Augen der Mutter und das pechschwarze Haar seines Vaters. Virginia war von einem gesunden Jungen entbunden worden. Sie hatte einem kleinen Yusuf das Leben geschenkt.

Der Vater des kleinen Yusuf wusste nichts von seinem Vaterglück. Seitdem Virginia fortgegangen war, hatte er sie aus den Augen verloren. Manchmal sehnte er sich nach Zärtlichkeiten und der verführerischen Nähe eines warmen Frauenkörpers und er dachte gelegentlich daran, in ein Bordell zu gehen. Aber dann sah er seinen Vater vor sich, der einmal die Woche ein Freudenhaus besuchte, nachdem seine Mutter nach der Geburt von sieben Kindern für ihn an Reiz verloren hatte. So wollte Yusuf nicht leben. Yusuf guter Mensch. Yusuf kein Freund von Liebe kaufen. Und so wartete er weiter auf Kundschaft und stürzte sich in die Arbeit.

***

Bei den Gedanken an Yusuf strich Rudi sich noch einmal über Kopf und Bart. Seinen verfilzten Haaren und seinen Zotteln im Bart nach zu urteilen, musste seit seinem letzten Besuch beim Türken wohl eine Ewigkeit vergangen sein. Bestimmt vermisste der ihn schon. Warum hatte er Yusuf nicht mal gefragt, ob er Schach spielen kann oder es lernen möchte? Es gab doch nur eine Handvoll türkische Großmeister. Was solls, dachte Rudi. Irgendwann wirst du wieder mal bei dem Türken vorbeischauen. Dann kannst du ihn ja fragen. Er wird dir, wie immer, sagen: Du guter Mensch und Yusuf Haarabschneider, nix Halsabschneider. Ordentlich um Haare und Bart wirst du, zufrieden darüber und über die Freundlichkeit des Türken, seinen Salon wieder verlassen. Irgendwann.

„Geduld bringt Rosen", hatte Yusuf einmal gesagt. „Is zwar arabisch Sprichwort, aber egal. Stimmt doch, oder?"

Nimms leicht, alter Junge, sagte er sich. Warum also, um alles in der Welt, sich schon so früh am Morgen mit Gedanken ans Haareschneiden rumschlagen? Und Yusuf als Schachpartner gewinnen. Genau genommen ist das sinnlos, sich darüber den Kopf zu zerbrechen. Der Tag hat doch gerade erst begonnen. Zudem ist die Luft viel zu klar, um Trübsal zu blasen. Und die Dinge gelassen anzugehen, ist noch immer von Vorteil gewesen. Das hast du doch in den letzten Jahren lernen müssen. Viel wichtiger ist, wann du das nächste Bier bekommst."

Und mit der scheinbaren Gelassenheit eines routinierten Schachspielers, der auf den nächsten Zug seines Gegners wartet und den eigenen Gegenzug gedanklich vorbereitet, begann er den neuen Tag.

Die Blase meldete sich, und Rudi stieg in seine schon etwas abgewetzten und viel zu großen Schuhe, die er in einem Abfallkorb am Hauptbahnhof gefunden hatte und die er zusätzlich mit einem Klettverschluss fixierte, um sie beim Gehen nicht zu verlieren. Die hatte bestimmt irgendein Tourist im Papierkorb entsorgt, nachdem er sich im Schuhladen der Passagen neue gekauft und gleich angezogen hatte, damit er sie nicht beim Zoll deklarieren musste.

Nachdem er auch noch den Hosenriemen festgezogen hatte, öffnete er die Außentür. Er trat in den Hinterhof, knöpfte die Hose auf, blickte zum Himmel und pinkelte auf das spärliche Grün an der Rückwand des Hauses. Wohin hätte er sonst auch pinkeln sollen? Im Erdgeschoss war das Toilettenbecken geklaut worden, die Toilette im zweiten Stock war verstopft, stank nach Kloake und Wasser und Strom waren sowieso abgestellt. Also blieb nur der Platz an der Rückwand des Hauses, der von anderen Häusern nicht einsehbar war. Dem Gras hatte sein alltäglich morgendlicher Urinstrahl offensichtlich nicht geschadet. Das war zwar spärlich, aber immer noch grün. Anders dagegen die verätzten Stellen der Rasenflächen im Park, wo die Hunde beim Spaziergang mit Frauchen oder Herrchen das Bein gehoben hatten. Und ganz zu schweigen von den hinterlassenen Hundekothaufen. Obwohl die Stadt an jeder Wegkreuzung ein „Hundeklo" mit Tütenhandschuhen und Abfalleimer aufgestellt und die Hundehalter zum Entsorgen der Hinterlassenschaft ihrer kleinen und großen Lieblinge auf Hinweistafeln aufforderte, waren viele Haufen nicht beseitigt worden.

Genau auf so einem Hundekackehaufen war Siegfried Läufer, alias *Knallgas*, ausgerutscht, als er eines Tages am Treff der Obdachlosen, dem Schachfeld im Stadtpark, aufkreuzte, um Bernhardt Springer, alias „*Hamlet*" zu suchen. Er schlug der Länge nach hin, und die Flasche *Aquavit* sowie fünf Bierflaschen, die er anschleppte, um sich bei den eigentlichen „Herren des Platzes" einzukaufen, waren „im Eimer". Das heißt, sie lagen zerbrochen und ausgelaufen auf dem Beton des Schachfeldes. Und Knallgas mittendrin. Der hatte sich sein Wiedersehen mit Hamlet allerdings anders vorgestellt.

„Verdammter Mist. Schade um das Bier. Und das alles nur wegen dieser Hundekacke", fluchte auch Rudi, obwohl er in solchen Momenten eher gelassen reagierte und selten fluchte. Die Pulle *Aquavit* war ihm egal. Aber Bier?

Doch dann kümmerte er sich um den Gestürzten und dessen aufgeschnittene Hände und nachdem die notdürftig versorgt waren, sammelte er die Scherben auf und versuchte, den Alkoholsee auf dem Beton in den Griff zu bekommen. Nach diesem Negativerlebnis hatte er sich vorgenommen, den Hundekot am Treff regelmäßig selbst zu beseitigen, damit das nicht noch einmal passierte. Leere Bierflaschen waren wertvoll und volle doppelt so begehrt. Sie durften auf keinen Fall zu Bruch gehen.

Die Geschichte des Siegfried Läufer

Der Läufer kann sich in einem Zug diagonal
über das ganze Schachbrett bewegen,
so ihm kein anderer Stein den Weg versperrt.
Der Läufer – diagonal zum Ziel!

Siegfrieds Familie stammte aus Kattowitz, dem heutigen Katowice, einer schlesischen Bergarbeitermetropole. Eigentlich führte sie seit Generationen den Familiennamen Laufer. Aber der Standesbeamte hatte am Vorabend der Beurkundung wahrscheinlich zu viel getrunken und war am Morgen noch nicht ganz nüchtern, als er die Geburtsurkunde des Neugeborenen ausstellte. Jedenfalls verwechselte er „a" mit „ä". Und da das nicht sofort bemerkt wurde und auf einer amtlichen Urkunde mit Originalstempel nichts mehr geändert werden durfte, war Siegfried der einzige „Läufer" der Familie. Aber „nomen est omen", wie der Lateiner sagt. Denn bald stellte sich heraus, dass Siegfried ein ganz Fixer war. Er konnte schon mit zehn Monaten laufen und auch später war er beim Rennen von seinen Kameraden kaum zu schlagen. Und nicht nur, dass er schnell auf den Beinen war. Er war auch ein guter und ausdauernder Schwimmer.

Die Familie war nach Kriegsende aus der Heimat vertrieben worden. Schlesien wurde Polen zugeteilt. Mit einem der letzten Transporte waren die Laufers nach Deutschland gekommen, wo der Vater im Lausitzer Braunkohlerevier bald wieder Arbeit als Bergmann fand. Braunkohle wurde in Ostdeutschland dringend gebraucht. Die gesamte Wirtschaft und die privaten Haushalte waren auf diesen Rohstoff angewiesen.

Siegfried war ein schwieriges Kind. Schon mit vierzehn rauchte er wie ein Schlot. Die Eltern hatten kaum Zeit, sich um seine Erziehung zu kümmern. Kam der Vater von der Schicht, war er müde und durstig und legte sich nach einigen Flaschen Bier und mehreren Gläsern Schnaps ins Bett. Alle Bergleute im Osten bekamen Trinkbranntwein als Deputat. Fusel, unter den Kumpeln auch „Kumpeltod" genannt. Siegfried hatte bald herausgefunden, wo sein Vater die Flaschen aufbewahrte. Andere Kinder seines Alters tranken Milch von der Milchhandlung aus einer Aluminiumkanne. Siegfried dagegen konsumierte den einen oder anderen Schluck Branntwein aus der Flasche. So wurde er schon früh nicht nur an Zigaretten, sondern auch an Alkohol gewöhnt.

Die Mutter wusch für die Bergarbeiter die Arbeitsklamotten, was bestimmt keine leichte Arbeit war, und sie voll beanspruchte. So war Siegfried sich oft selbst überlassen, und niemand kontrollierte seinen Alltag. Kein Wunder, dass er nach mehreren Disziplinarmaßnahmen den Jugendclub nicht mehr betreten durfte. Doch das kratzte ihn wenig. Er besorgte sich eine Angel und fischte heimlich in den zahlreichen Fischzuchtteichen der Region, um den Speisezettel der Familie zu bereichern. Irgendwann wurde er dabei vom Pächter überrascht, doch dank seiner schnellen Beine konnte er unerkannt entkommen. Leider musste er seine Angel und einen kapitalen Spiegelkarpfen zurücklassen.

Schon bald schloss er sich einer Gruppe Jugendlicher an, die abends die Straßen der Bergarbeitersiedlung unsicher machten. Bis ihnen die deutsche Volkspolizei auf die Schliche kam. Dann war der Spuk vorbei. Die Anführer, darunter auch Siegfried, wurden aus dem sozialistischen Jugendverband, der Freien Deutschen Jugend, ausgeschlossen und in einen Jugendwerkhof gesteckt. Freiheit ade!

Er war erst wenige Tage in dieser Einrichtung für die Jugendlichen, die sich dem System nicht unterordnen wollten und umerzogen werden sollten, als ein Funktionär ihn zu einem Gespräch abholte. Später konnte er sich nicht mehr an den genauen Inhalt des Gesprächs erinnern, aber es hatte in etwa folgenden Inhalt. Er sei doch eigentlich ein intelligenter Junge, der seine Zukunft in einem sozialistischen Staat im Auge behalten sollte. In diesem Staat hätte er doch alle Möglichkeiten. Der Sieg des Sozialismus sei nur noch eine Frage der Zeit. Und wenn er diese Erklärung unterschreibt, könne er schon bald mit seiner Entlassung, vielleicht sogar in den nächsten Tagen, rechnen. Ein Blatt Papier mit dem folgenden Text wurde ihm unter die Nase gehalten. „Der Unterzeichner, Siegfried Läufer, verpflichtet sich mit Erreichen des achtzehnten Geburtstages als informeller Mitarbeiter für die Staatssicherheit zu arbeiten."

Einerseits kamen ihm Zweifel, so was zu unterschreiben, denn er hatte überhaupt keine Vorstellung von dem, was man da von ihm verlangte. Andererseits wäre er nur zu gerne wieder in Freiheit. Der Drill in dieser sozialistischen Erziehungsanstalt ödete ihn an. Und bis zu seiner Volljährigkeit würde noch viel Wasser die Spree runter fließen. Wer weiß schon, was bis dahin noch alles passiert?

So im Uneins mit sich selbst, bat er um Bedenkzeit. Aber da die Freiheitsliebe stärker war als seine Bedenken, etwas Unrechtes zu tun, unterschrieb er.

In der folgenden Woche war er frei und erzählte seinem, die Stirn runzelnden Vater, der erstaunt über die vorzeitige Entlassung nachhakte, von der Verpflichtung. „Diese Verbrecher", war dessen Kommentar. „Jetzt machen die auch schon vor Jugendlichen nicht Halt. Nie und nimmer wirst du für diesen Verein spionieren. Du musst abhauen. Über die grüne Grenze. Oder die Elbe. Und zwar bald. Bei unseren Verwandten im Ruhrgebiet wirst du schon unterkommen und Aufnahme finden. Die helfen dir weiter."

Die Flucht wurde geplant, und so saßen beide eines Tages, nachdem etwas Gras über die Sache mit dem Jugendwerkhof und der Stasiverpflichtung gewachsen war, im Zug Richtung Westgrenze. Das Vorhaben war nicht nur riskant, es war sogar lebensgefährlich, denn Siegfried wollte die Elbe durchschwimmen. Doch nicht nur der Strom war das Problem. Die Grenze wurde streng bewacht, und es gab den Schießbefehl. Er musste jederzeit damit rechnen, von den Grenzposten entdeckt zu werden, denn er bewegte sich in fremdem Terrain. Die letzten Kilometer der Sperrzone im Grenzbereich legte er deshalb bei Nacht zurück, immer auf der Hut, den Grenzern nicht in die Arme zu laufen. Aber das Glück war auf seiner Seite. Wie durch ein Wunder schaffte er es, unbemerkt den Strom zu erreichen. Lautlos glitt er ins Wasser und wurde sofort von der Strömung erfasst. Er war ein guter Schwimmer und hatte schon die Mitte des Stroms erreicht, als die Grenzposten seine Flucht bemerkten. Ein Scheinwerfer flammte auf, und er wurde aufgefordert, umzukehren. Doch da er nicht reagierte, sondern weiterhin auf das andere Ufer zuhielt, eröffneten die Grenzposten das Feuer. Aber auch diesmal hatte er Glück. Er wurde nicht getroffen. Und nachdem er mehrmals getaucht war und nur noch um Luft zu holen an die Oberfläche kam, erreichte er wohlbehalten das gegenüberliegende Flussufer. Die Bundesgrenzbeamten, natürlich durch die Schüsse alarmiert, halfen dem völlig erschöpften und von der Strömung abgetriebenen an Land und versorgten ihn notdürftig.

Kurze Zeit darauf landete er im Grenzdurchgangslager Friedland. Aber da blieb er nicht lange. Da seine Verwandten aus dem Westen für ihn bürgten, konnte er das Lager bald verlassen. Der

Ruhrpott hatte einen Bewohner mehr, die Stasi einen informellen Mitarbeiter weniger.

Nach diesem Schlüsselerlebnis wollte auch der Vater nicht im Osten bleiben. Die Steinkohle und der ungleich bessere Verdienst im Westen lockten. Außerdem fand er den ganzen Quatsch von der „sozialistischen Planerfüllung" und dem „sozialistischen Wettbewerb" zum Kotzen. „Er habe die Schnauze von diesem Blödsinn gestrichen voll", wie er zu sagen pflegte. Und nicht nur er, sondern viele Braunkohlekumpel aus dem Lausitzer und Leipziger Revier dachten wie er.

Irgendwie schafften es die Laufers mit viel Geld für Fluchthilfe, das die Verwandten auslegten, dann auch in den Westen, obwohl sie nach der Flucht des Sohnes ständig unter Beobachtung standen. Aber Westgeld war bei den Regierenden in der so genannten „Ostzone" gefragt. Dafür verkauften sie wertvolle Kunstschätze, Antiquitäten, und sogar der Menschenhandel blühte.

Zwar war Siegfried nun wieder mit der Familie vereint, aber mit seiner Lebensweise wurde es „keinen Deut" besser. Hier im Westen hatte er noch mehr Freiheiten. Hier wurde er weniger beobachtet als im Osten. Eine Lehre wollte er sich nicht antun. Schon gar nicht diese Maloche als Bergmann. So wurde er Gelegenheitsarbeiter. Und da er weiterhin von kleineren Untaten nicht lassen konnte, nahm das Schicksal seinen Lauf. Siegfried war damals achtzehn, dünn wie eine Bohnenstange und rauchte noch immer wie ein Schlot. Aber er konnte rennen, wenn es drauf ankam. Doch einmal halfen ihm seine schnellen Beine nicht. Den „Kumpeltod", den es im Westen nicht gab, wollte er durch *Aquavit* oder andere Spirituosen aus einem Schnapsladen ersetzen. Der aufmerksame Ladenbesitzer, der schon bei seinem Erscheinen ein Auge auf ihn hatte, erwischte ihn dabei und übergab ihn der Polizei. Und da dieser versuchte Ladendiebstahl nicht die erste Eintragung in seinem Vorstrafenregister war, wurde er zu einer Jugendstrafe mit Einweisung in ein Heim für schwer erziehbare Jugendliche verurteilt. Für Siegfried, der an kein geregeltes Leben gewöhnt war und die Freiheit über alles liebte, begann erneut eine schwere Zeit. Der

Tag war genau strukturiert, und wieder musste er, wie seinerzeit im Jugendwerkhof, arbeiten. Zuerst in der Tischlerei und danach in einer Mechanik-Werkstatt.

Um Aggressionen abzubauen, schaffte er sich in der knapp bemessenen Freizeit im Kraftraum an Hanteln und Gewichten und joggte auf dem Sportplatz. Aus dem spindeldürren Siegfried war mittlerweile ein durchtrainierter Jugendlicher geworden. Aber das Rauchen, wenn hier auch eingeschränkt, konnte er nicht lassen.

Er war als Einziger der Jugendlichen nach einer Krafteinheit noch in der Umkleidekabine, als der Aufseher plötzlich aufkreuzte. Siegfried wollte gerade unter die Dusche und stand, nur mit der Unterhose bekleidet, im Waschraum. Der Aufseher hatte ihn beim Entkleiden heimlich beobachtet, rückte ihm auf die Pelle und begann unvermittelt an Siegfrieds Unterhose und Körperteilen herumzufummeln. Siegfried kriegte, ob dieser Zudringlichkeit, die Panik und trat dem Schwein von Aufseher zwischen die Beine mit dem Resultat, dass der in die Knie ging, sich vor Schmerzen krümmte und Siegfried in Ruhe ließ. Der Tritt hatte dafür gesorgt, dass sich der Aufseher nun selbst befummelte.

Fluchtartig, nur mit der Unterhose bekleidet, rannte Siegfried aus der Umkleidekabine Richtung Unterkunft, von den anderen ungläubig angestarrt. Nach diesem Schlüsselerlebnis stand sein lang gehegter Entschluss endgültig fest. Die erstbeste Gelegenheit wollte er zur Flucht nutzen. Und die sollte nicht lange auf sich warten lassen.

Eines Nachts wurde Alarm ausgelöst und die Sirenen heulten. In einem der Zimmer war Feuer ausgebrochen. Wahrscheinlich hatte einer der Insassen heimlich im Bett geraucht und war dabei eingeschlafen. Den allgemeinen Tumult nutzte Siegfried zur Flucht. Schnell streifte er sich einen Pullover über, stieg in die Hose und huschte barfuß durch die offenstehende Außentür. Er sprintete über die freie Grundstücksfläche in den Schatten großer Bäume und kletterte auf die Mauer, die das Gelände umgab, wobei er sich die Zehen aufriss. Beim Sprung von der Mauer knallte er auf die Straße und schlug sich dabei Knie und Hände wund. Doch allen Blessuren zum Trotz, Siegfried war in Freiheit.

Seine Flucht wurde erst am Morgen, nachdem das Feuer gelöscht und wieder allgemeine Ordnung einkehrte, bemerkt. Doch da war er längst über alle Berge und auf dem Weg in eine andere Stadt, wo er untertauchte. Siegfried Läufer blieb wie vom Erdboden verschwunden.

Bei der Polizeizentrale ging der Alarm zuerst ein. In einer Bankfiliale war eingebrochen worden. Das Polizeieinsatzkommando war zu spät am Tatort. Die Überwachungskamera zeigte drei Männer in schwarzer Kleidung und schwarzen Masken mit Augenschlitzen, einer der drei schlank und von sportlicher Figur. Weitere Hinweise auf die Täter gab es nicht. Ein Geldautomat war mit einem Gasgemisch aus der Wand gesprengt worden.

Im Verlauf der nächsten Wochen folgten drei weitere Sprengungen dieser Art an unterschiedlichen Orten. Aber immer nach dem gleichen Schema. Der Geldautomat aus der Wand gesprengt. Schwarze Gestalten mit schwarzen Masken. Einer der drei schlank und sportlich, die zwei anderen groß und kräftig. Siegfried Läufer war „Sprengmeister" geworden. Wie viel Geld erbeutet wurde, konnte nicht ermittelt werden.

Doch dann kam der schwarze Sonntag. Er hätte lieber in die Kirche gehen und beten sollen, als sich an diesem Automaten zu versuchen. Schon in das Innere der Bank zu gelangen, war schwierig und hatte viel Zeit gekostet. Und als das Gas endlich eingeleitet war und gezündet wurde, gab es nur eine schwache Explosion. Der Geldautomat blieb in der Wand verankert. Vor Frust riss sich Siegfried beim Verlassen der Bank die Maske herunter.

Da war er, der Fehler, der allen Kriminellen früher oder später passiert. Er hatte nicht mehr an die Überwachungskamera gedacht, und die Polizei hatte ein hervorragendes Fahndungsfoto. Von Siegfried, der nun ohne das schon eingeplante Geld auf der Flucht war, kostenlos geliefert. Zwei Wochen später erkannte ihn ein aufmerksamer Zuschauer der Fernsehsendung „Aktenzeichen XY ungelöst". Das Fahndungsfoto wurde während der Sendung ausgestrahlt, und auf den entscheidenden Hinweis war ein größerer Geldbetrag ausgelobt worden. Die Polizei überraschte Siegfried im Schlaf. Er konnte, nur mit der Unterhose bekleidet, nicht stiften gehen und Handschellen schnappten zu. Er wurde dem Haftrichter vorgeführt und kam in Untersuchungshaft. Beim Verhör und bei der anschließenden Gerichtsverhandlung leugnete er nicht und wurde verurteilt. Der aufmerksame Fernsehzuschauer konnte sich über eine unverhoffte Kreuzfahrt in die Karibik auf einem der Luxusliner freuen.

In die Karibik wollte eigentlich Siegfried. Auf die Bahamas, um mit der Beute aus den Geldautomaten ein sorgloses und vor allem steuerfreies Leben zu führen. Nur noch dieser letzte Coup. Aber statt auf den Bahamas landete er nun für fünfeinhalb Jahre im Knast. Keine Palmen, keine weißen Strände, kein Tequila, keine bikinibekleideten braungebrannten Mädchen im Sonnenschein. Graue Gefängnismauern, Stacheldraht, Wachposten, Doppelzelle, Arbeit in der Tischlerei, genau eingeteilter Tagesablauf.

Der Staatsanwalt hatte sechs Jahre und sechs Monate gefordert, aber dem Pflichtverteidiger war es gelungen, die Strafe auf fünfeinhalb Jahre herunterzuhandeln. Für jeden Einbruch wäre ein Jahr angemessen und ein halbes als Zugabe. Und der Beklagte hätte sich reuig gezeigt, die Taten bei der Vernehmung gestanden und Menschen seien nicht zu Schaden gekommen, so die Argumente des Verteidigers. Die Verluste der Banken spielten in seinem Plädoyer eine eher untergeordnete Rolle. Sie seien bestimmt nicht erheblich gewesen und die Banken könnten sie gewiss verschmerzen. Der Verteidiger hatte gerade die neuesten Zahlen über die Gewinne der Deutschen Bank gelesen.

Das Gericht folgte den Argumenten des Verteidigers. Aber eines gab der Richter doch noch zu bedenken. Dem Gericht lägen keine Angaben über die beiden anderen Täter vor. Das hätte die Strafe noch mildernd beeinflussen können. Doch Siegfried war in diesem Punkt ein Dickkopf, machte von seinem Schweigerecht Gebrauch und verriet seine Komplizen nicht.

Die Doppelzelle, in die er einquartiert wurde, teilte er sich mit einem Häftling, der schon die Hälfte seiner Strafe abgesessen hatte und seinen neuen Zellengenossen mit den Worten begrüßte: „Übrigens, ich bin Hamlet und ich sag dir, es ist was faul im Staate

Holland. Oder war es Dänemark? Ach egal. Irgendwo ist immer was faul. Mein richtiger Name tut übrigens nichts zur Sache."

„Und wer bist du?", fragte er nach dieser Begrüßung den Neuankömmling. „Ich bin Knallgas. Die Automaten, die ich gesprengt habe, waren das ihnen anvertraute Geld nicht wert. Mehr brauchst du nicht zu wissen", war die knappe Antwort. Und damit hatten Hamlet und Knallgas die Fronten geklärt.

Hamlet war Hobbyschachspieler und froh, einen Partner in die Zelle bekommen zu haben. Aber Knallgas konnte nicht Schach spielen. Monopoly ja, das hatte er in der Jugendstrafanstalt gelernt und auch schon mehrfach gewonnen. Aber Schach war für ihn ein Fremdwort. Konnte man dabei überhaupt Vermögen anhäufen?

Aber sein Zellengenosse machte ihm schnell klar, dass Schach ein sehr interessantes Spiel ist und durchaus etwas mit Strategie, wenn auch nicht zum Geldbeschaffen, zu tun hat. „Du wirst sehen, wie viel Köpfchen man beim Schachspiel braucht. Das ist, wie einen Banküberfall zu planen. Erst überlegst du dir deine Vorgehensweise, bereitest das Terrain vor, sondierst deine Möglichkeiten, observierst deinen Gegner, reagierst auf dessen Gegenmaßnahmen und im geeigneten Moment schlägst du zu. Schachmatt! Die Bank – äh, ich wollte sagen – der König ist am Ende – und du hast die Kohle – äh, ich wollte sagen – du hast gewonnen."

Knallgas lernte so schnell das Schachspielen, wie er rennen konnte. In der Tischlerei hatte er sich ein eigenes Schachbrett aus Tropenholzfurnier gebastelt. Wie das Furnier trotz des Importverbots von Tropenhölzern in die Anstalt gelangt war, blieb eines der vielen Anstaltsrätsel. Ein Mithäftling, Drechsler von Beruf, hatte ihm die Figuren geschnitzt. Knallgas hatte das Spiel verinnerlicht, und bald war Hamlet für ihn kein Gegner mehr. Er gewann mehrere Schachturniere im Knast, und als er ein halbes Jahr früher wegen guter Führung entlassen wurde, stand unter anderem in seinem Entlassungsbericht, dass er durch sein Schachspiel mit zur Resozialisierung anderer Häftlinge beigetragen habe. Das in der Anstaltstischlerei verdiente Geld trug er bei sich, als sich für ihn die Gefängnistore öffneten. Sein Schachbrett nebst Figuren hatte er seinerzeit Hamlet, als der vor ihm entlassen wurde, aus Knastfreundschaft und Eigennutz zum Abschied geschenkt. Wieder in Freiheit, brauchte er das Brett nicht.

Hierhin gehst du nie wieder zurück. Und du suchst dir auch keine feste Bleibe. Die Welt ist groß und der Himmel weit. Du wirst laufen, soweit dich deine Füße tragen, und wenn es sein muss, bis zu den Bahamas. Ein Schachbrett ist auf dem Weg in die Karibik nur hinderlich. Und nie wieder wirst du jemandem Rechenschaft schuldig sein, nur dir selbst. Das hatte er sich geschworen.

Aus Knallgas war wieder Siegfried geworden. Ein Möchtegern-Tippelbruder, der auf der Straße leben wollte. Die Welt ist groß und der Himmel weit, sein Motto nach Jahren in Anstalten. Doch zuerst wollte er seinen Knastbruder Hamlet suchen. Was hatte der bei der Entlassung noch gesagt? Ach ja, das Schachfeld im Park. Also erst einmal eine Stange Zigaretten, eine Flasche *Aquavit* und ein paar Pullen Bier besorgen, im Stadtpark das Schachfeld und Hamlet suchen und dann ab in die Karibik.

Aber Siegfried kam nicht weiter als bis zum Stadtpark, wo er mit der Flasche *Aquavit* und fünf Bierpullen, die er von seinen Ersparnissen gekauft hatte, auf der Hundekacke ausrutschte, der Länge lang hinfiel, die Schnapsflasche und die Bierpullen auf einem Betonschachfeld zu Bruch gingen und er sich an den Scherben, die nun überall verstreut lagen, die Hände aufschnitt.

Aus Siegfried Läufer war wieder Knallgas geworden.

***

Als der Druck aus Rudis Blase gewichen und er sicher war, dass auch der letzte Tropfen den Boden berührt hatte, knöpfte er den Hosenstall zu und senkte den Blick wieder zur Erde. Eine Amsel saß auf einem Dachfirst und flötete in den Morgen. Die Luft roch nach Frühling, und das Wetter schien schön zu werden. Er würde seine warme Jacke nicht brauchen.

An der randvoll mit Regenwasser gefüllten Tonne unter einem Fallrohr, das eigenartigerweise noch nicht von irgendwelchen

Metalldieben geklaut worden war, reinigte Rudi mit einer Zahnbürste, die auch schon bessere Tage gesehen hatte, notdürftig sein Gebiss und befeuchtete mit dem abgestandenen Wasser flüchtig Gesicht und Hände. Damit war die Morgentoilette beendet.

Wieder im Haus, entnahm er einer der Plastiktüten einen Kanten Brot und eine Flasche Bier, setzte sich auf seine Schlafstatt und frühstückte mit dem Gleichmut eines Menschen, den nichts und niemand aus der Ruhe bringt. Denn „Zeit ist Geld" war für ihn kein Thema. Das galt nur für die Gehetzten, die morgens kurz nach dem Aufstehen schon das Handy am Ohr hatten, um ihre Wichtigkeit zu demonstrieren, und einen Kaffee im Stehen runterkippten, um ja nicht zu spät im Büro zu erscheinen. Diesen Stress gab es für Rudi nicht. Der hatte kein Handy. Der musste nicht pünktlich im Büro sein.

Er hatte den letzten Bissen gekaut und mit dem letzten Schluck Bier heruntergespült. Und mit einem letzten prüfenden Blick auf die angefangene Schachpartie verließ er das Haus durch den Hinterausgang, verschloss die Tür mit dem Dietrich, vergewisserte sich, ob er das Gelände auch unbemerkt verlassen konnte und schlurfte auf die noch menschenleere Straße. Rudi Turm machte sich auf den Weg zum Treff, dem Schachfeld im Stadtpark. Sein Tag konnte beginnen. Was würde ihn wohl heute dort erwarten?

Der Weg zum Stadtpark führte Rudi heute Morgen durch ein Viertel, wo heroinsüchtige Mädchen und Frauen auf den Strich gingen. Ihm taten diese Frauen unendlich leid, denn sie waren schlimmer dran als er. Sie verkauften ihren Körper, um Geld für neuen Stoff zu bekommen. Sie würden in ihrem kurzen Leben abhängig sein, und Rettung gab es kaum.

Rudi hatte freundliche Worte für sie, aber helfen konnte er ihnen nicht. Sie boten ihm auch nicht ihre Liebesdienste an, denn er war, weiß Gott, kein potenzieller Kunde. Sonst machte er immer einen großen Bogen um das Viertel. Er wollte diesen Straßenstrich auf dem Weg zum Stadtpark lieber meiden. Er hatte genug mit sich selbst zu tun. Aber heute war er spät dran, denn Hamlet hatte versprochen, Brot, Brötchen und Kuchenreste vom Bäcker seines Vertrauens mitzubringen. Backwaren vom Vortag, die nicht verkauft werden durften und meist in einem Container landeten. Und wenn er nicht rechtzeitig am Treff ankam, hatten die anderen schon alles aufgefuttert und ihm blieben nur noch die Krümel. Hamlet hatte zwar Rudi versprochen, ihm was aufzuheben, aber er war unzuverlässig und von den andren leicht rumzukriegen. Also Beeilung, Rudi!

Wie war das eigentlich mit diesem Hamlet? Wann tauchte der verkrachte Schauspieler am Schachfeld im Stadtpark auf? Es musste schon eine Weile her sein. Hatte der damals überhaupt seinen Einstand gegeben? Rudi konnte das nicht mehr in die Reihe kriegen. Aber das muss vor Knallgas gewesen sein, und ohne Einstand wäre er nicht am Schachfeld akzeptiert worden.

Die Geschichte des Bernhardt Springer

Ein Springer darf über eigene und gegnerische Steine springen.
Gut beraten, sich im zentralen Feld zu bewegen.
Der Springer – auf Umwegen zurück!

Bernhardt konnte auf eine bisher sprunghaft verlaufene Vergangenheit zurückblicken. Nach Schule und Abitur sollte er Jura studieren. Jura, meinte sein Vater, öffne ihm in einem späteren Berufsleben Tür und Tor.

Zweimal wechselte er die Schule. Die Gründe dafür waren fadenscheinig und nur vorgeschoben. Einmal fand er die Lehrer doof und fühlte sich benachteiligt. Ein anderes Mal musste er zu früh aufstehen, weil der Schulweg zu lang war. Und das Schulessen war auch das Letzte.

In Wirklichkeit hatten die ersten beiden Schulen keine Laienspielgruppe. Erst in der Dritten fand er das, was er suchte. Bernhardt wollte Schauspieler werden.

Doch er konnte sich nicht gegen seinen Vater durchsetzen. Er musste sich für Jura einschreiben. Natürlich interessierte ihn das Studium nicht die Bohne. Die nächtlichen Studentenpartys und die Laienspielgruppe der Uni waren viel interessanter und reizvoller. Als er folgerichtig beim ersten Staatsexamen durchfiel, verzichtete er auf eine Wiederholung und brach das Studium ab. Auch sein schauspielerisches Talent hatte ihm in den Prüfungen nicht geholfen.

Der Vater tobte und lamentierte über das rausgeschmissene Geld. Aber Bernhardts Entscheidung stand endgültig fest, und er ließ sich auch von seinem cholerischen Vater nicht umstimmen. „Ich tauge nicht zum Rechtsverdreher", war dazu sein einziger Kommentar. Bernhardt wurde Taxifahrer.

Das verdiente Geld investierte er in Schauspielunterricht, und zweimal die Woche spielte er in dem Stück „Anwalts Liebling" einen auf Verkehrsrecht spezialisierten Rechtsanwalt, der nichts anderes im Sinn hatte, als seine Mandantinnen reihenweise zu vernaschen, wenn sie ihn verzweifelt wegen ihrer kleinen und größeren Verkehrsvergehen um Hilfe ersuchten. Bernhardt spielte diese Rolle so gut, dass er schon nach kurzer Zeit mit einer seiner „Klientinnen" in wilder Ehe lebte. Sein Vater hätte, da er nun doch ein „Rechtsverdreher" war, bestimmt seine „helle Freude" an ihm gehabt. Aber der hatte sich von seinem Sohn losgesagt und wollte nichts mehr mit ihm zu tun haben.

Die Schauspieler dieses Boulevardtheaters waren eine illustre Truppe. Nach jeder Vorstellung trafen sie sich in einem Künstlercafé um zu diskutieren, ein Glas oder auch zwei zu trinken und einen Joint zu rauchen. Bernhardt liebte es, sich in dieser Gesellschaft und mit diesem Stoff zu berauschen. Er fand das alles irre und war in seinem Element. Und da seine „Klientin" dieses Gefühl mit ihm teilte, schien ihm das Leben als Taxifahrer und Laienspielrechtsverdreher lebenswert.

Eines Tages hatte er eine dringende Taxifahrt nach Amsterdam. Eine Theaterkollegin musste professionelle Hilfe in Anspruch nehmen, sonst wäre die Existenz der Gruppe bedroht. Sie würde ohne diesen Eingriff für Monate ausfallen, und Ersatz war nicht in Sicht.

Außerdem war der Truppe der Stoff ausgegangen, und Nachschub wurde dringend gebraucht. Also fragte man Bernhardt, ob er den Stoff in Amsterdam besorgen und gleich mitbringen könnte. Ein Taxi wäre doch wohl kaum verdächtig. Einen zuverlässigen Lieferanten gäbe es auch. Das sei kein Problem.

Bernhardt stimmte sofort zu, brachte seinen weiblichen Fahrgast ans Ziel, besorgte den Stoff und kam auf der Rückfahrt, wen wunderts, in eine Verkehrskontrolle. Ein Taxi auf der Fahrt von den Niederlanden nach Deutschland war doch verdächtig. Und da der Drogenspürhund fündig wurde, landete Bernhardt für mehrere Jahre hinter schwedischen Gardinen.

Seine „Klientin" wollte mit ihren „Verkehrsproblemen" nicht auf ihn warten, und noch während seiner Haftzeit trennte sie sich von ihm. Die Rolle des Rechtsverdrehers übernahm ein jüngerer Schauspielerkollege, der angeblich die Verkehrsstreitigkeiten wesentlich besser zu lösen vermochte. Bernhardt hatte mit der Fahrt nach Amsterdam und dem Einzug in die Strafvollzugsanstalt seine vorläufig letzte Vorstellung gegeben.

Nach der Hälfte der Haftzeit bekam er einen Neuen in die Zelle. Der hatte einen Waschbrettbauch, eine schlanke Taille und breite Schultern. Ein sportlicher Typ. Aber er war, wie sich bald herausstellte, Kettenraucher. „Ich war auch mal Raucher", sagte Bernhardt. „Und deswegen bin ich hier. Das Zeug, das ich geraucht habe, gibt es im Knast nur unter der Hand. Doch wenn du rauchst, mach das Fenster auf. Ich habs seitdem auf der Lunge. Übrigens, ich bin Hamlet. Und ich sag dir, es ist was faul im Staate Holland. Oder war es Dänemark? Ach egal. Irgendwo ist immer was faul. Mein richtiger Name tut übrigens nichts zur Sache. Und wer bist du?"

„Ich bin Knallgas. Die Automaten, die ich gesprengt habe, waren das ihnen anvertraute Geld nicht wert. Mehr brauchst du nicht zu wissen", war die knappe Antwort. Und damit waren die Fronten geklärt.

Zwei Tage später fragte Hamlet Knallgas, ob er Schach spielen könne. „Nein", war dessen Antwort. „Nur Monopoly."

„Dann wird es Zeit, dass du das Schachspielen lernst", meinte Hamlet. Und mit überzeugenden Argumenten überredete er seinen Zellengenossen, sich von ihm das Schachspielen beibringen zu lassen. Seine Argumente waren stichhaltig, und Knallgas lernte schnell. Sie wurden so etwas wie eine verschworene Gemeinschaft, und als Hamlet entlassen wurde, schenkte Knallgas seinem Zellenkumpel zum Dank für seine Kameradschaft das Schachbrett, das er in der Tischlerei gebaut und dazu noch die Steine, die der Mithäftling aus der Tischlerei gedrechselt hatte. Knallgas wollte nach seiner Entlassung in die weite Welt. Er wollte in die Karibik. Ein Schachbrett wäre da hinderlich.

Hamlet hatte mit Ungeduld auf seine Entlassung gewartet. Nicht wegen des Stoffs, den er hier nicht bekam. Er war während seiner Haftzeit „clean" geworden. Ach ja, er hatte es ja auch auf der Lunge. Aber durch gute Führung hatte er seine Haft verkürzt, und erst einmal wieder draußen, wollte er sich verwirklichen. Im Knast war das nicht möglich gewesen. Das Umfeld stimmte nicht. Er hatte versucht, Mithäftlinge für eine Schauspieltruppe zu gewinnen, fand aber keine Gegenliebe. Keiner der Knastbrüder wollte den Häftling spielen, der lebenslänglich eingebuchtet war, weil er einen Mord aus Eifersucht begangen hatte. Dagegen war Knallgas erfolgreicher. Der hatte es geschafft, nach seinem Schachkurs bei Hamlet im Knast eine Schachgruppe ins Leben zu rufen.

Die Trennung von seiner Lebenspartnerin war seinerzeit ohne Nachwehen und Anwaltskosten an ihm vorübergegangen, und er beschloss, nach der Entlassung nicht wieder zur alten Truppe zurückzukehren. Er wollte sein früheres Leben hinter sich lassen und noch einmal ganz von vorn anfangen. Seine Lebensphilosophie, in der Haftzeit gereift, war eine völlig neue. Er wollte als Schauspieler die Welt als seine Bühne betrachten. Er wollte sich ein neues Umfeld ohne großes Publikum erobern. Er wollte sich die Haare wachsen lassen und zu einem Pferdeschwanz binden. Er wollte ein obdachloser Schauspieler werden und auf der Straße Theater spielen.

„Im Stadtpark gibt es einen Platz mit einem Schachfeld. Dort hat mal ein Baggerfahrer eine Bombe ausgebuddelt. Da kannst du mich finden. Machs gut und vergiss deinen Kumpel Hamlet nicht. Wir haben zwar keinen Joint geraucht. Denn du weißt ja, ich habs auf der Lunge, und das Zeug, das ich mal geraucht habe, gibt es hier im Knast nur unter der Hand. Außerdem bin ich jetzt ‚clean‘. Aber wir haben manche Partie Schach gespielt. Vielleicht können wir das im Stadtpark fortsetzen, wenn du entlassen wirst. Die große weite Welt kann auf dich warten. Und die Karibik auch."

Mit diesen letzten seiner Worte verließ Hamlet die Zelle und Knallgas, ohne sich noch mal nach beiden umzudrehen und folgte dem Aufseher, der ihm das Tor zur Freiheit und zu seiner Bestimmung aufschloss. Kurz darauf kam Bernhard Springer im Stadtpark am Schachfeld an. Neugierig wurde der Neuankömmling von den anderen fixiert. „Ich bin Hamlet. Mehr braucht ihr nicht zu wissen. Mein richtiger Name tut nichts zur Sache. Ich kann Schach spielen und bitte euch um Asyl. Und noch etwas. Meine Haare wachsen wieder. Ich hatte einige Jahre einen Friseur, der nur kahle Bombe schneiden konnte. Aber das wird sich grundlegend ändern. Haare schneiden fällt für die nächsten hundert Jahre aus. Ach so, was trinkt man denn hier so?"

„Bier", sagte Rudi. „Besorg das mal gleich, sonst wird das hier nichts mit dem Schach." Und nach dieser unmissverständlichen Aufforderung machte sich Hamlet auf den Weg zum nächsten Supermarkt, wo ihm eine verdammt hübsche Verkäuferin an der Kasse ein verdammt freundliches Lächeln schenkte.

***

Rudi hatte gerade den Hauptweg im Park erreicht, als er plötzlich Schreie hörte. Eine ältere Dame fuchtelte wild mit den Händen, rief verzweifelt um Hilfe und nach ihrer Handtasche. Gerade noch rechtzeitig sah er einen Mann in einem wahnwitzigen Tempo auf sich zu rennen, eine schwarze Tasche in der Hand. Geistesgegenwärtig stellte Rudi ihm ein Bein. Der Kerl stürzte der Länge nach auf den Parkweg, wobei die Tasche im hohen Bogen im Gebüsch landete. Mit einem Satz war Rudi zur Stelle und schnappte sie sich. Als er sich nach dem Dieb umdrehte, war dieser schon wieder auf den Beinen und rannte, Rudi wüst beschimpfend und mit erhobener Faust drohend, davon. Eine Verfolgung wäre zwecklos gewesen. Rudi war nicht Nurmi, der Wunderläufer.

Erleichtert nahm die Frau die Tasche entgegen. „Das war knapp", meinte Rudi. „Sie müssen besser aufpassen. Das hätte ins Auge gehen können."

„Und ins Portemonnaie", bedankte sich die Frau völlig aufgelöst. „Ich war gerade auf der Bank und habe eine größere Summe von meinen Ersparnissen abgehoben. Mein Enkel will für ein Jahr nach Australien. Der Flug wäre so teuer. Und er hat kein Geld. Aber was tut man nicht alles für die Enkel."

Noch immer kaum zu beruhigen, kramte sie in der Tasche nach ihrer Geldbörse und drückte Rudi einen größeren Geldschein in die Hand. „Bitte nehmen Sie. Ohne Ihr Eingreifen wäre das ganze Geld sowieso verloren gewesen. Ich kann Ihnen gar nicht sagen, wie froh ich bin, nur mit dem Schrecken davongekommen zu sein. In Zukunft werde ich besser aufpassen. Man trifft ja nicht immer auf so aufmerksame Menschen wie Sie. Nochmals danke, junger Mann. Ach, da fällt mir ein. Habe ich Sie nicht schon mal gesehen? Waren Sie nicht vorgestern auch auf der Demo der Umweltaktivisten gegen das Abholzen der Platanenallee?"

„Nein, nein", sagte Rudi. „Da verwechseln Sie mich. Ich geh auf keine Demo. Höchstens auf eine für die Senkung der Bierpreise und die Erhöhung des Flaschenpfands. Aber das ist wohl Illusion und eine solche Demonstration wird wohl nie stattfinden. Und danke für den ‚jungen Mann', gute Frau." Dann zwinkerte er mit dem rechten Auge und lachte die alte Dame an, die aber immer noch beim Thema blieb.

„Na ja, da habe ich Sie wohl verwechselt. Lag bestimmt am Bart, an den ausgebeulten Hosen und ihrem verblichenen Pullover. Aber es tragen heutzutage ja so viele Männer Bart und ausgewaschene Hosen ohne Bügelfalten. Also dann, nichts für ungut. Ich wünsche Ihnen noch einen schönen Tag. Und nochmals danke für Ihre Hilfe."

Und damit wollte sie ihren zwangsweise unterbrochenen Weg fortsetzen. Aber Rudi kam die ganze Geschichte mit dem Enkel und dem vielen Geld doch spanisch vor. Er hatte unlängst von einer Betrügerbande und dem Enkeltrick gehört und hakte nach. „Gute Frau, wie viel Geld haben Sie sich denn auf der Bank geben lassen? Wie heißt Ihr Enkel, wie alt ist er und hatten Sie in letzter Zeit Kontakt zu ihm?"

Die Frau war von einem Moment auf den anderen nun doch etwas verwirrt ob dieser Fragerei.

„Nein, ich weiß nicht, wie er heißt und ich habe ihn noch nie gesehen. Aber er hat am Telefon gesagt, dass er mein Enkel ist und mit einer Freundin für ein Jahr nach Australien möchte. Dazu brauche er die Zwanzigtausend. Sie wollen dort zwar arbeiten, aber der Flug und die Lebenshaltungskosten wären sehr teuer. Außerdem wollten sie sich in ihrer Freizeit das Land und die Beuteltiere aus nächster Nähe ansehen. Er würde wieder anrufen und wenn ich das Geld hätte, käme die Freundin vorbei, um es abzuholen."

Nun war Rudi die ganze Sache klar. „Die alte Frau sollte um ihr sauer Erspartes gebracht werden."

„Also, gute Frau. Ich sage Ihnen, dass das ein ganz gemeiner Trick von Betrügern ist." Rudi redete energisch auf die Frau ein. „Die wollen nur Ihr Geld. Den Enkel gibt es überhaupt nicht. Schaffen Sie das Geld sofort wieder auf die Bank und informieren Sie die Polizei. Eines ist sicher. Man will Sie betrügen!"

„Glauben Sie wirklich, dass das nicht mit rechten Dingen zugeht? Ich kann das alles nicht verstehen. Mein Enkel oder soll ich sagen der Anrufer, war so glaubwürdig am Telefon. Ich war mir so sicher, dass das mein Enkel ist. Er kannte sogar meinen Namen. Wiederum – ich kenne ihn gar nicht persönlich. Ich habe ihn noch nie gesehen." Die gute Frau war nun doch völlig aufgelöst und unsicher.

„Soll ich Sie zur Bank begleiten?" Rudi schaute die Frau erwartungsvoll an. Aber die hatte sich schon wieder gefangen. „Nein,

nein! Besten Dank. Ich schaff das schon. Ich werde das Geld sofort zurückbringen. Und auch zur Polizei gehen. Sie haben sicher Recht mit Ihrer Vermutung. Nein, nein! Was ist das doch für eine Welt? Was sind das bloß für Leute, die alte Menschen um ihr Geld betrügen wollen? Aber nochmals guter Mann, lieben Dank für die guten Ratschläge. Ich kann Ihnen gar nicht sagen wie froh ich über Ihre Hilfe bin."

Und damit machte sie auf dem Absatz kehrt und setzte ihren zwangsweise unterbrochenen Weg in die Richtung fort, aus der sie gekommen war, die Handtasche mit dem vielen Geld krampfhaft an sich gedrückt.

Erst jetzt begutachtete Rudi den zusammengefalteten Schein und ihm entfuhr ein „Donnerwetter". Mit diesem „warmen Regen" hatten sich seine Finanzen schlagartig verbessert und ihm zu „unverhofftem Wohlstand" verholfen. So viel Geld hatte er lange nicht besessen. Und plötzlich kam ihm Yusuf in den Sinn, und er warf seinen Tagesplan über den Haufen. Hamlet und die Brötchen vom Bäcker seines Vertrauens konnten warten. Jetzt leistete er sich erst einmal einen schon längst fälligen Haarschnitt und eine Rasur. Heute musste Yusuf nicht für umsonst arbeiten. Und für ein paar Flaschen Bier würde es auch noch reichen. Heute war Rudi ein zahlungskräftiger Kunde. „Du guter Mensch", würde Yusuf sagen. Yusuf, der Türke. Und schon war Rudi auf dem Weg zu den Passagen im Hauptbahnhof.

Als Rudi dort ankam, war es schon später Vormittag. Der Bahnhofsvorplatz war voller Menschen. Die Ferienzeit hatte begonnen. Da das Flughafenpersonal streikte, waren viele Reisende, trotz der drastischen Fahrpreiserhöhungen, auf die Bahn umgestiegen. Hoffentlich versagten nicht wieder die Klimaanlagen in den Schnellzügen. Erst kürzlich stand die Bahn wegen etlicher Pannen und der nicht nachvollziehbaren Preisanhebungen mächtig in der Kritik. Rudi war mit Lilli auch immer mit der Bahn in die Ferien gefahren. Aber sie hatten den Regionalexpress genommen und nie Probleme gehabt. Doch das lag schon eine

Ewigkeit zurück. Inzwischen sprach man davon, dass die Bahn an die Börse wollte. Der Vorstandsvorsitzende hatte Flausen im Kopf. Bestimmt nur deshalb, um bei seiner Ablösung eine höhere Abfindung zu kassieren.

Yusufs Salon war menschenleer. Als Rudi die Tür öffnete, kam der Türke gerade mit einem Kaffee in der Hand aus seiner kleinen Kochnische und blieb wie angewurzelt stehen. Beinahe wäre ihm vor Überraschung die Tasse aus der Hand gefallen.

„Hallo *Botwinnik*. Du hier? Is vergangen Ewigkeit, ich dich gesehen. Siehst gut aus. Nur Haare und Bart nicht. Komm, Yusuf macht besser." Und dann stellte er die Tasse ab, umarmte Rudi und küsste ihn rechts und links auf die Wange.

„Woher hast du diesen Namen?", wollte Rudi, überrascht, dass Yusuf ihn kannte, wissen. Er hatte ihn gegenüber dem Türken nie erwähnt. „Na, ich war bei Treff. Du mir mal erzählt, du spielen immer Schach im Park. Ich fragen und so ein Typ mit Haare zu Schwanz sagen, Botwinnik nicht da. Er weiß nicht, warum du nicht da. Er schon warten, wegen Schach spielen. Sie doch Botwinnik sagen zu dir, oder? Yusuf dich lange nich sehen. Ich denken, du nich gut geht. Ehrlich! Jetzt ich ruhig. Übrigens, ich dir sagen, der Typ mit Haare zu Schwanz muss mal kommen zu Yusuf. Haare sehr lang. Yusuf Haarabschneider, nix Halsabschneider. Und warum du heute hier? Du Yusuf besuchen wollen? Oder wegen Haare und Bart?"

Jetzt erst konnte Rudi den Redefluss des Türken stoppen. „Hallo, Yusuf! Ich möchte, dass du mich menschlicher machst. Nicht nur um die Haare, auch der Bart soll ab. Schau mal."

Und dann wedelte Rudi mit einem größeren Geldschein vor Yusufs Gesicht umher. „Wo hast du her? Is alles in Ordnung?"

„Ja doch. Ich erzähl dir die ganze Geschichte."

Und so erfuhr der neugierige Türke von dem fast geraubten Geld der alten Dame, von dem Enkeltrick und von dem großzügigen Trinkgeld. „Du guter Mensch", war Yusufs Kommentar, der aufmerksam zugehört hatte. „Ich auch hätte gestellt Bein. Aber ich ihm noch gegeben eins in die ..., wie sagt man?"

„Fresse", ergänzte Rudi.

„Ja, Fresse is richtiges Wort. Und das mit Geld zurück auf Bank und Polizei war gut. Sonst Frau ohne Geld und arm. Yusuf auch guter Mensch. Komm auf Stuhl. Du auch wollen Kaffee?"

„Türkisch?", fragte Rudi.

„Nein, jetzt Filter im Geschäft", war die Antwort.

Und Rudi machte es sich mit einer Tasse Filterkaffee auf Yusufs Friseurstuhl bequem. Nebenbei erzählte er Yusuf, dass er an dem Tag, als der ihn im Park gesucht hatte, einen Strauß Wiesenblumen an die Ruhestätte seiner Frau auf der stillen Wiese des städtischen Waldfriedhofs gebracht hatte. Einmal die Woche hielt er dort stumme Zwiesprache mit Lilli.

In der Zwischenzeit war der Türke mit dem Schneiden der Haare fertig. Zuvor hatte er Rudi den Kopf gewaschen, nach dem Schneiden die Haare geföhnt und dabei leise Melodien aus *Die Hochzeit des Figaro* und *Der Barbier von Sevilla* vor sich hin gesummt. Dann nahm er sich den Bart vor. Er seifte ihn ein und wollte gerade das Rasiermesser mit den Worten „Yusuf nix Halsabschneider" am Hals ansetzen, als sich die Eingangstür öffnete. Eine junge Frau und ein kleiner Junge an ihrer Hand betraten den Salon. Sie hatte einen blonden Pferdeschwanz und blaue Augen. Der Junge hatte blaue Augen und bis auf die Schultern fallendes pechschwarzes Haar. Unweit der Tür blieben die zwei stehen. Rudi konnte ihr Spiegelbild sehen. Yusuf, der sich über Rudi gebeugt hatte, nicht. Erst als der sich nach der angeblich neuen Kundschaft zögerlich umdrehte, sah er die beiden. Seine Hand, in der er das Rasiermesser hielt, erstarrte an Rudis Kehle. Dann fiel das Messer auf den Boden und Yusuf auf die Knie. Zum ersten Mal seit seiner Ankunft in Deutschland betete der Türke. Ohne Gebetsteppich und mit Latschen an den Füßen. Es schien, als wäre er von einem Moment auf den anderen ein gläubiger Moslem geworden.

Als Yusuf sich erhob, hatte er Tränen in den Augen. Er ging langsam auf die beiden zu, die sich die ganze Zeit nicht von der Stelle gerührt hatten, küsste den Jungen auf die Stirn, der schüchtern und verlegen den Liebesbeweis über sich ergehen ließ und sich an den Rocksaum der Mutter klammerte, und umarmte lange die Frau, die sich in seine Arme schmiegte. Dem kleinen Yusuf war der Mann fremd. Seiner Mutter scheinbar nicht. War das sein Vater? Aber ja, das musste er sein. Seine Mutter hatte doch von ihm erzählt. Als sie sich voneinander lösten, sagte sie leise: „Yusuf …!" „Virginia …!" Mehr brachte auch er nicht heraus. Doch dann: „Und …?" „Ja, Yusuf. Er ist dein Sohn. Er trägt deinen Namen. Wir mussten zu dir kommen. Der Junge braucht seinen Vater. Und ich brauche dich."

Die weitere Geschichte der Virginia Dame

Die Dame hat als stärkste Figur alle Freiheiten.
Sie darf nur nicht über andere Steine springen.
Die Dame – eine heimliche Königin!

Seit der Trennung von Yusuf hatte Virginia eine bewegte Zeit hinter sich. Als ihre Schwangerschaft nicht mehr zu verbergen war, musste sie die Schule abbrechen und das Gymnasium verlassen. Der Vater ließ sich in die Finanzbehörde einer anderen Stadt versetzen. Er konnte die Schmach, die seine Tochter ihm angetan hatte und das unvermeidliche Gerede der Nachbarn, nicht länger ertragen.

Die Mutter war mittlerweile etwas milder gestimmt, und als der kleine Yusuf das Licht der Welt erblickte, regte sich in ihr der Mutterinstinkt. Sie war völlig aus dem Häuschen und ganz verliebt in das Baby. „Es sieht dem Großvater aber sehr ähnlich, oder? Nun sag doch was, Virginia." Wie sich die Zeiten doch ändern. Nun spielte es auch keine Rolle mehr, dass es der Sohn eines „Kameltreibers" war. Spät kam die Vergebung der Sünden, zu spät. Zwar staunte Virginia immer wieder, was eine Beichte und regelmäßiger Gottesdienstbesuch doch alles bewirken kann, denn auch ihr Vater schaute, wenn er sich unbeobachtet fühlte, als wollte er seine späte Absolution nicht zugeben, in den Kinderwagen. Und trotzdem hielt es sie nicht im Haus der Eltern. Sie wollte ein unabhängiges Leben führen und nicht ständig Ermahnungen und gute Ratschläge hören. Sie wollte ihren Sohn allein erziehen.

Und sie konnte Yusuf nicht vergessen. Sie liebte ihn nach wie vor von ganzem Herzen. Dort, unter diesem Herzen, hatte sie sein Kind getragen. Die Frucht ihrer Liebe. Wie sollte sie ihn aus ihren Träumen verbannen? Der Mann, der ihr den Himmel auf Erden geschenkt hatte. Mit meinen Eltern kann ich darüber nicht reden. Sie verstehen meine Gefühle nicht. Sicher wäre sie auf eine Wand der Ablehnung gestoßen. Sie hatte dieses Kind mit allen Fasern ihres Leibes gewollt. Etwas anderes war für sie nie in Frage gekommen. Sie hatte neun Monate gebetet, dass alles gut werden möge. Das Beten hatte geholfen. Und sie glaubte immer noch an die große Liebe. Aber sie hatte Yusuf beim Abschied gesagt: „Vergiss mich!" Hatte er sie vergessen?

Aber nun war endgültig der Zeitpunkt gekommen, mit dem Beten aufzuhören und auf eigenen Füßen zu stehen. Nach langem Kampf und endlosen Diskussionen mit ihren Eltern gelang ihr der Schritt in die Eigenständigkeit. Es hätte nur noch gefehlt, dass jemand zu ihr gesagt hätte: „Gehe hin in Frieden." Aber ein Priester war nicht in der Nähe, und von ihrem Vater konnte sie so viel Abbitte nicht erwarten. Doch auch ohne frommen Segen hoffte Virginia inständig, ihr Glück und inneren Frieden zu finden.

Sie zog zu ihren Großeltern, die nicht viel fragten und ihr die Einliegerwohnung in ihrem Häuschen überließen. Die alten Leute waren froh darüber, dass Virginia mit dem kleinen Yusuf bei ihnen einzog. Und Virginia auch, denn nun hatte der Junge Oma und Opa und sie ein „Kindermädchen".

Der kleine Yusuf war ein problemloses Kind, und Virginia konnte schon ein Jahr nach der Geburt auf einer Abendschule das versäumte Abitur nachholen und sich zum Studium anmelden. Der Wunsch, Sozialpädagogik zu studieren, bestand schon lange.

Nun wurde er Wirklichkeit, wenngleich das Studium mit einem Kleinkind nicht immer einfach war. Aber da gab es einen verständnisvollen Professor und den Kindergarten. Und Oma und Opa sowieso. Virginia biss sich durch und legte das Diplom ab. Jetzt hatte sie es geschafft. Jetzt war sie endgültig allen Zwängen entronnen und stand auf eigenen Füßen. Nur etwas fehlte noch. Dieser Gedanke beschäftigte sie schon seit langem. Aber sie war viel zu beschäftigt mit sich selbst, dem Studium und der Erziehung ihres Sohnes gewesen. Sie hatte es immer vor sich hergeschoben, bis Klein-Yusuf wieder einmal traurig war, als sie ihn eines Tages aus dem Kindergarten abholte. Er fragte, warum er keinen Papi habe. „Alle Kinder erzählen von einem Papi. Nur Yusuf hat keinen Papi. Das ist ungerecht. Dann bin ich immer traurig."

Jetzt erinnerte sich Virginia schlagartig, dass die Erzieherin ihr schon einmal erzählt hatte, dass sich Yusuf manchmal in die Spielzeugecke verkriecht, um seine Traurigkeit nicht zu zeigen, wenn die anderen Kinder mit ihrem Papa angeben. Seis wie es sei! Das Unvermeidliche konnte nun nicht länger aufgeschoben werden. Virginia musste ihm von seinem Papa erzählen. Und so saßen sie nach dem Abendbrot eng aneinandergeschmiegt auf dem Sofa, und Yusuf hörte sehr aufmerksam und glücklich zu. Wirklich – Mami erzählte von seinem Papi, den es doch gab. Am nächsten Tag hatte er im Kindergarten nichts Eiligeres zu tun, als allen Kindern stolz zu berichten, dass auch er einen Papi habe und dass sein Papi ein angesehener Friseur in einer großen Stadt und ein guter Mensch sei.

Nach diesem Gespräch konnte Virginia lange nicht einschlafen, und noch in der Nacht reifte in ihr der Entschluss, in ihre Geburtsstadt zurückzukehren, sich beim zuständigen Sozialamt um eine Arbeitsstelle zu bewerben und den Vater ihres Kindes, den sie immer noch liebte, wiederzusehen. Sie hatte doch schon einmal ihr Herz in die Hand genommen. Warum also zögern? Aber durfte sie das auch, ohne jemand anderen zu verletzen? War Yusuf noch der, den sie verlassen hatte? Gab es da inzwischen womöglich eine andere Frau? Hatte sie noch ein Recht auf dieses Wiedersehen? Sie hatte doch gesagt: „Vergiss mich!" Es waren so viele Jahre vergangen. Es war so viel passiert.

Immer noch unschlüssig, gab sie sich schließlich einen Ruck. Sie hatte vielleicht kein Recht auf dieses Wiedersehen. Denn sie hatte seinerzeit Yusuf Lebewohl gesagt, wenn auch unter Zwang. Aber sein Sohn hatte ein Recht auf seinen Vater. Doch – der hatte ein Recht darauf, seinen Vater kennenzulernen.

Also setzte sie ihr Vorhaben in die Tat um. Mit einer Anstellung auf dem Sozialamt hatte sie Glück. Es war gerade eine Stelle frei geworden. Damit war ein großes Hindernis genommen. Eine Wohnung fand sie schnell und einen Kindergartenplatz für ihren Sohn auch. Damit waren diese Dinge geregelt. Doch da gab es noch das weitaus größere Problem und das hieß Yusuf. Sie zweifelte immer noch, ob sie ihren Wunsch, ihn wiederzusehen, in die Tat umsetzen sollte. Und immer noch unschlüssig, was sie tun sollte, war sie in ihrer Verzweiflung hin und her gerissen. Auch der Gedanke, einen Privatdetektiv zu arrangieren, um Yusufs Situation zu erkunden, war ihr schon gekommen. Aber den hatte sie rasch wieder verworfen. Sie wollte nicht spionieren. Das passte nicht zu ihr.

Und nun stand sie, trotz aller Zweifel, mit klopfendem Herzen, den kleinen Yusuf an der Hand, zitternd im Friseursalon in den Passagen des Hauptbahnhofs, und der Vater ihres Kindes fiel vor ihr auf die Knie und betete zu Allah.

***

Rudi hatte still auf dem Friseurstuhl gesessen und ungläubig die Szenerie verfolgt, die sich da vor seinen Augen abspielte. Was, um alles in der Welt, ging hier vor? Was war passiert? So hatte er Yusuf, den Türken, noch nie erlebt. Und die junge Frau zitterte am ganzen Leib.

Der kurze Wortwechsel hatte ihn wie aus einer unendlichen Ferne erreicht und noch immer, wie erstarrt, zögerte er einen Moment. Doch dann wischte er sich stillschweigend den Rasierschaum aus

Bart und Gesicht und stieg langsam vom Stuhl. Er hob das Rasiermesser auf, legte es auf die Ablage, griff sich seine Plastiktüte und wandte sich zur Tür. Ans Bezahlen dachte er nicht mehr. Zu sehr nahm ihn das soeben Erlebte gefangen.

Niemand der Erwachsenen hatte Notiz von Rudis „Flucht" genommen. Zu sehr waren sie mit sich selbst beschäftigt. Nur der kleine Yusuf sah ihn beim Verlassen des Salons fragend an und Rudi zwinkerte ihm mit dem linken Auge zu. Wäre er geblieben, wäre er nur ein Fremdkörper in diesem Mikrokosmos gewesen. Und er dachte noch so beim Hinausgehen: Nie hatte Yusuf von dieser Frau gesprochen. Niemals! Obwohl er sich mir oft anvertraut hat. Waren da vielleicht schmerzliche Erinnerungen? Wäre dann womöglich eine Wunde wieder aufgebrochen? Irgendwann wird der Türke darüber reden, von ganz allein, da war sich Rudi sicher. Morgen wird er den Haarschnitt bezahlen und Yusuf sagen, dass er ein guter Mensch ist. Aber er wird nicht fragen.

Und noch immer mit den Gedanken an die anrührende Szene schloss Rudi hinter sich leise die Tür und verließ den Friseursalon in den Passagen des Hauptbahnhofs in Richtung Treff.

Der Treff der Obdachlosen im Stadtpark war ein kleiner Platz mit Bänken, von drei Seiten mit allerlei Gesträuch und Büschen umgeben. Abfallkörbe gehörten ebenso zum Platz wie die auf den Parkbänken zwischen dem Strauchwerk herumlümmelnden Penner. Die Abfalleimer waren dieser Tage randvoll mit Unrat. Die Müllmänner streikten seit einer Woche für mehr Geld und weniger Arbeit. Aber Hundekot gab es nicht mehr. Dafür hatte Rudi gesorgt.

In der Mitte, und das war das Besondere an diesem Platz, befand sich das Freilandschachfeld aus schwarzen und weißen Betonplatten. Große Schachfiguren aus Holz, ebenfalls schwarz und weiß gestrichen, standen am Rand des Feldes. Beim Bau dieser Anlage war Rudi bei den Baggerarbeiten auf die Fliegerbombe aus dem Zweiten Weltkrieg gestoßen, und er hatte ein Riesenglück, dass die nicht explodierte. Aber der Kampfmittelbeseitigungsdienst konnte seinerzeit den Zünder problemlos entfernen und die

Bombe abtransportieren. Manchmal dachte er noch daran, wenn er den Platz betrat.

Die vierte Seite des Platzes war zu einer Rasenfläche des Parks hin offen und grenzte an einen kiesbestreuten Weg, von dem aus man das Schachfeld einsehen konnte. Der Kiesweg, sonst von Joggern und Spaziergängern genutzt, wurde aber meist gemieden, wenn sich dort die Obdachlosen aufhielten. Dann machten die meisten Spaziergänger einen großen Bogen um die Schachanlage. Auch der Stadt war dieser Treff ein Dorn im Auge, und die Polizei hatte schon mehrmals versucht, die Männer dort zu vertreiben. Aber das war sinnlos. Nach zwei oder drei Tagen waren die wieder da, denn die Bullen, so meinten es jedenfalls die „Herren des Platzes", konnten ja nicht überall sein. Die waren sowieso permanent unterbesetzt und hatten in letzter Zeit alle Hände voll mit einer Einbruchsserie zu tun. Doch diesmal waren keine Geldautomaten explodiert. Vielmehr mussten die Registrierkassen verschiedener Geschäfte dran glauben. Erst vor einigen Tagen war zum wiederholten Mal im Supermarkt eingebrochen worden, und Rudi konnte seine Pfandflaschen nicht einlösen, weil der Markt gesperrt war.

Als Knallgas im vorigen Jahr plötzlich hier auftauchte und die Bierflaschen zu Bruch gingen, hatten einige der Penner über sein Missgeschick schadenfroh gelacht. Nur Rudi hatte ihm geholfen, Glasscherben und Bierpfütze zu beseitigen und seine aufgeschnittenen Hände zu versorgen. Wieder auf den Beinen, hatte Knallgas nach Hamlet gefragt, der noch nicht da war, aber erwartet wurde. Er hatte gefragt, ob er auch ohne Biereinstand bleiben könne, er würde das nachholen. Er würde Knallgas genannt und ob er als Schachpartner willkommen sei. Er habe von Hamlet Schach spielen gelernt. Sein richtiger Name wäre doof und spiele keine Rolle.

Rudi hatte ihm zu verstehen gegeben, dass nichts dagegensprechen würde und wies ihm einen festen Platz auf einer der Bänke an. Und dann war Hamlet mit einem „Hallo Knallgas" aufgekreuzt. „Sein oder Nichtsein, das ist hier die Frage. Welch freudige Überraschung, dich zu sehen", begrüßte er seinen ehemaligen Zellengenossen aus der Strafvollzugsanstalt.

„Hast du noch das Schachbrett?", fragte Knallgas. „Na klar."
Hamlet reagierte empört. „Ein Geschenk versetzt man doch nicht.
Oder hast du von mir was anderes erwartet?"

Rudi erkannte schon bei der ersten Partie, dass Knallgas ein guter
Spieler war, und so wurde er als Schachpartner akzeptiert. Wann
immer sie sich hier trafen, spielten sie eine Partie, manchmal auch
zwei. Nicht nur, um sich die Zeit zu vertreiben, sondern weil auch
Rudi nach Jahren der Abstinenz und erst mit dem Eintreffen von
Hamlet wieder Gefallen am Schachspiel gefunden hatte und es mit
Knallgas einen weiteren Kontrahenten am Schachfeld im Park gab.

Die drei Schachspieler waren die eigentlichen „Herren des Platzes", und ihre Zuschauer andere „Leidensgenossen", die immer
dann den einen oder anderen Zug mit Beifall oder Buh-Rufen
quittierten, wenn einem der Spieler eine Figur geschlagen und
vom Feld genommen wurde. Ansonsten hielten sich ihre Schach-
kenntnisse in Grenzen, und manchmal stichelten sie und machten
den Vorschlag, doch mal ein anderes Spiel, als immer nur Schach,
zu probieren. Vielleicht „Mensch ärgere dich nicht!". Aber davon
wollten die „Herren des Platzes" nichts wissen und spielten weiterhin Schach.

Noch blieb Rudi stets Sieger. Und obwohl er schon manchmal
daran gedacht hatte, seine Schachgegner auch mal gewinnen zu
lassen, erlaubte das sein bisschen Stolz, den er sich trotz seiner
misslichen Lage bewahrt hatte, nicht. Man hatte ihm nicht umsonst den Spitznamen Botwinnik verpasst.

Hamlet und Knallgas störte nicht, dass Rudi ständig gewann.
Beide konnten verlieren, obwohl sie im Laufe der Zeit dazugelernt
hatten und Rudi manchmal ganz schön ins Grübeln brachten.

Es war bereits Mittag, als Rudi am Treff ankam. Hamlet und
Knallgas waren schon da. Hamlet stand auf Rudis Bank, hatte in
Ermangelung von *Henkell Trocken* eine Flasche *Gessner Premium
Pils* mit Bügelverschluss in der Hand und rezitierte aus Schillers
Wilhelm Tell: „Wir wollen sein ein einig Volk von Brüdern, in kei-
ner Not uns trennen und Gefahr. Wir wollen frei sein, wie die
Väter waren, eher den Tod, als in der Knechtschaft leben. Wir

wollen bauen auf den höchsten Gott und uns nicht fürchten vor der Macht der Menschen." Aber kaum einer der anderen Obdachlosen nahm überhaupt Notiz davon. Und dann begrüßte er Rudi: „Spät kommt ihr, aber ihr kommt."

„Halt die Klappe", konterte der.

„Lass deine frommen Sprüche. Ich kann kommen und gehen, wann ich will. Und runter von meiner Bank. Du machst sie mit deinen ungeputzten Schuhen nur dreckig. Ich habe sie erst gestern abgewischt."

Wie nicht anders zu erwarten, hatte Hamlet keins von den Brötchen, die er bei Otto Brezel, dem Bäcker seines Vertrauens besorgt hatte, für Rudi aufgehoben. Die letzten Krümel hatten die Spatzen aufgepickt. Aber Rudi war nicht hungrig. Er hatte sich auf dem Weg zum Treff vom Geld der alten Dame eine Currywurst und ein Bier geleistet.

Neben Knallgas und Hamlet hingen an diesem Tag noch ein paar andere Obdachlose hier rum. Einige von ihnen hatten ähnliche Schicksalsschläge wie Rudi erlebt und waren auf der Straße gelandet, andere wollten es nicht anders und waren freiwillig zu Obdachlosen geworden. Auch Knallgas und Hamlet gehörten zu diesen Freiwilligen. Knallgas brauchte die Freiheit. Der konnte sich nach Jahren in Anstalten gar nicht vorstellen, irgendwo in einer Wohnung eingesperrt zu sein. Seit seinem sechzehnten Lebensjahr lebte der, mit unfreiwilligen Unterbrechungen, mehr oder weniger auf der Straße. Und Hamlet sah die Welt als Theaterbühne und sich als Hauptdarsteller.

„Hallo Botwinnik, haste mal ne Zigarette?" Rudi hatte kaum seine Plastiktüte auf der Bank abgesetzt, als Knallgas ihn nach einem Glimmstängel anmachte. „Noch so eine komische Begrüßung. Was soll die blöde Frage? Du weißt doch ganz genau, dass ich Nichtraucher bin", kam als Antwort. „Aber warte mal, ich bin ja gar nicht so." Rudi hatte vor zwei Tagen eine halbvolle Schachtel *Peter Stuyvesant* auf dem Gehsteig gefunden und eingesteckt. Die bot er Knallgas nun an, natürlich nur im Tausch gegen ein Bier. Und der war sofort einverstanden, da sich bei ihm bereits Entzugserscheinungen bemerkbar machten. Die letzte „zollfreie Stange" der Marke *Pall Mall*, die er bei einem Polen preiswert erstanden hatte, war längst aufgeraucht. Er brauchte dringend Nachschub.

„Spielen wir eine Partie?", wollte Knallgas wissen. Er hatte freiwillig schon mal die Figuren aufgestellt und sich in der Zwischenzeit eine von den eingetauschten Zigaretten mit einem Gasfeuerzeug angesteckt, das bei seinem letzten Besuch im Supermarkt plötzlich wie von Zauberhand in seiner Plastiktüte gelandet war, als ihm die hübsche Verkäuferin an der Kasse ein bezauberndes Lächeln schenkte.

„Na klar, wenn du willst", sagte Rudi schon wieder etwas versöhnlicher, machte den ersten Zug und eröffnete das Spiel mit e2-e4. Noch beim Setzen des Bauern hatte er aus den Augenwinkeln beobachtet, wie sich ein Spaziergänger dem Schachfeld näherte und in einiger Entfernung stehen blieb. Durch das Erscheinen des Mannes für einen Moment abgelenkt, hatte er nicht bemerkt, dass Knallgas mit c7-c5 hervorragend reagierte. Der Fremde wäre Rudi unter normalen Umständen gar nicht aufgefallen, aber eigenartigerweise war der Park zu dieser Stunde bis auf ein paar Jogger menschenleer, und der Mann im Anzug, mit Krawatte und obendrein noch mit Hut tadellos gekleidet, wirkte wie ein Fremdkörper in dieser Umgebung. Er hatte Rudis Statur und Größe. Hatte der sich etwa hierher verirrt?

Noch einmal, wie von einem Zwang getrieben, fixierte Rudi den Fremden, bevor er sich wieder dem Spiel zuwandte. Irgendwie kam ihm der Fremde bekannt vor. Er meinte, er hätte ihn schon mal gesehen. Aber als er nach einigen weiteren Zügen erneut zu der Stelle hinschaute, wo der Fremde gestanden hatte, war der verschwunden. Immer noch mit dem Gedanken beschäftigt, warum ihm der Mann bekannt vorkam, spielte er im Verlauf der Partie unkonzentriert und verlor zum ersten Mal gegen Knallgas. Ärgerlich, dachte er. Und das alles nur wegen diesem feinen Pinkel.

Der Tag neigte sich dem Ende zu, und Rudi, der noch Bier kaufen wollte, hatte den Mann schon fast vergessen, als der plötzlich wieder am Freilandschach auftauchte. Doch diesmal blieb er nicht in einiger Entfernung stehen, sondern kam sofort näher und sprach Rudi unvermittelt an.

„Ich beobachte Sie schon seit einiger Zeit und trage mich mit dem Gedanken, Sie etwas zu fragen. Doch bisher hatte ich nicht den Mut dazu. Außerdem war ich einige Wochen außer Landes. Ich musste meine Geldangelegenheiten in der Schweiz regeln. Aber als ich gestern zurückkam, dachte ich mir, dass es das Beste sei, Sie gleich heute mit meiner Bitte zu überfallen. Ich möchte, dass Sie, und nur Sie, mir das Schachspielen beibringen. Ich habe es nie gelernt und ich las kürzlich die *Schachnovelle* von Stefan Zweig. Die hat mich sehr beeindruckt. Das Büchlein steht jetzt in meiner Bibliothek. Kennen Sie die Geschichte? Vielleicht daher die Idee, in meinem Alter noch das Schachspielen zu erlernen. Übrigens heiße ich König, Magnus König."

Als Rudi den Namen König hörte, wusste er plötzlich, woher ihm der Mann so bekannt vorgekommen war. Zufällig hatte er das Konterfei des Fremden und das einer hübschen Frau auf der Titelseite einer großen Boulevardzeitung gesehen und darunter die Schlagzeile in großen Lettern:

Scheidung des Jahrhunderts.
Die Schauspielerin und Lebedame Johanna Frei trennt sich von
ihrem langjährigen Partner, dem Industriellen Magnus König.

Rudi las zwar keine Zeitung, geschweige denn dieses Wurstblatt, aber eines Morgens lag die bewusste Ausgabe, bestimmt von irgendjemandem vergessen, auf einer Parkbank. Gerade zum Treff unterwegs, war er stehen geblieben und hatte einen flüchtigen Blick auf die oben liegende Titelseite mit den Fotos in Großformat und der nicht zu übersehenden Schlagzeile geworfen. Er dachte noch, dass es bei der Trennung bestimmt um viel Geld gegangen war, und hatte spontan die Zeitung eingesteckt. Vielleicht wollten sie ja Knallgas und Hamlet lesen?

Am Treff angekommen, waren die beiden noch nicht da, und um die Wartezeit zu überbrücken, hatte er dann doch einen Blick in dieses Boulevardblatt geworfen. Und da fand er unter den Fotos und der Schlagzeile einen kurzen Artikel über das bisherige Leben dieses Industriellen.

Die Geschichte des Magnus König

Der König ist die wichtigste Figur im Spiel,
aber ohne seine Untergebenen machtlos.
Der König – eingeschränkt in seiner Macht!

Magnus König wurde als Einzelkind eines Fabrikanten und seiner Frau Emilie geboren und wuchs in bürgerlichen Verhältnissen auf. Der Vater hatte eine Tuchfabrik, die er später mit einer Näherei erweiterte. Der Betrieb war während der Zeit des Nationalsozialismus als kriegswichtig eingestuft. Julius König produzierte Armeeuniformen. Die Mutter stand dem Haushalt mit den Bediensteten vor und kümmerte sich mit Hilfe eines Kindermädchens um die Erziehung des einzigen Kindes. Armut war für die Familie ein Fremdwort.

Nach Abschluss des Gymnasiums studierte Magnus Jura und Betriebswirtschaft. Danach trat er in den Betrieb seines Vaters als Juniorchef ein. Der Krieg war verloren und Uniformen wurden in solchen Mengen nicht mehr gebraucht. Und so strukturierten Vater und Sohn auf Anraten von Magnus den Betrieb um. Er wurde modernisiert und fortan auf die Produktion von Kleidung umgestellt. Aus einem mittelständigen Familienbetrieb war ein Textilunternehmen geworden. Als der Vater starb, übernahm Magnus in alleiniger Regie die Firma. Er sollte einer der erfolgreichsten Unternehmer und ein steinreicher Mann werden.

Aber Reichtum macht süchtig nach mehr. Und Magnus war nicht nur erfolgreich, sondern auch skrupellos. Manchmal bedingt das eine das andere. Ohne Gnade trieb er durch Preisdumping und Produktion in Billigländern Konkurrenten in den Ruin und übernahm deren Betriebe. Er zahlte niedrige Löhne und trat keinem Tarifvertrag bei. Sein Vermögen war inzwischen so gewaltig, dass er auch vor einer feindlichen Übernahme nicht zurückschreckte. Mit Erfolg. Er schluckte seinen größten Konkurrenten. Er heiratete Corinna von Welt, eine Frau aus adliger Familie mit großer Mitgift, und kaufte ein luxuriöses Anwesen. Aber auch das genügte ihm nicht. Er jettete um die ganze Welt und speiste mit den Großen aus Politik und Wirtschaft. Für Kinder und ein geregeltes Familienleben blieb keine Zeit. Und für wohltätige Zwecke war ihm sein, durch Ausbeutung und Aktienspekulationen „sauer verdientes Geld" zu schade.

Als seine Frau ihm eröffnete, dass sie sich scheiden lässt, kam er das erste Mal in seinem Leben über seine Situation ins Grübeln. Warum wollte sie ihn verlassen? Sie hatte doch alles, was man sich nur wünschen konnte.

„Geld und Martinicocktails sind nicht alles", hatte sie beim Abschied gesagt und das Scheckbuch, das er ihr überlassen hatte, demonstrativ auf den Tisch gelegt. „Noblesse oblige – Adel verpflichtet. Die Jagd nach Geld hat dich blind gemacht für die Probleme der Notleidenden." Das waren ihre letzten Worte, als sie sich nach Jahren des Nebeneinanderlebens von ihm trennte und mit Hilfe eines Juristen adliger Herkunft, dem zwar sein Doktortitel wegen Plagiatsvorwürfen aberkannt worden war, der aber weiterhin als Anwalt arbeiten durfte, eine Stiftung für in Not geratene Adlige gründete.

Von heute auf morgen war er Junggeselle. Aber nicht lange. Johanna, diese junge und attraktive Schauspielerin vom städtischen Theater trat in sein Leben, und er verfiel ihren Reizen. Trotz des großen Altersunterschieds heiratete er zum zweiten Mal und überhäufte sie mit Luxus. Aber nach wie vor jettete er um die Welt und speiste mit Oligarchen. Russland war inzwischen ein wichtiger Markt geworden, und Magnus hatte auch am Wodka Gefallen gefunden. Für Streicheleinheiten blieb da wenig Zeit. So war auch diese Beziehung nicht von Dauer und er verlor durch die Scheidung einen beträchtlichen Teil seines Vermögens. Er hatte zwar Jura studiert, aber der Anwalt seiner zweiten Frau war ein echtes Schlitzohr und ihm, der sonst nicht klein zu kriegen war, im Scheidungsrecht haushoch überlegen.

„Edelsteine und Champagner sind nicht alles", sagte sie beim Abschied, legte den mit einem Diamanten besetzten Trauring auf die Anrichte, nippte noch einmal an ihrem *Moet & Chandon*, ohne das Glas zu leeren, und verließ ihn wegen eines jüngeren Regisseurs, bei dem sie von nun an Regie führte.

Jetzt hatte er die Nase endgültig voll von adligen Frauen, Schauspielerinnen, vom Jetset, Champagner, Martini, Wodka und gespielter Leidenschaft. Nur Geld spielte noch immer eine Rolle. Und da er keine Nachkommen hatte, verkaufte er seinen Betrieb und ging in den Ruhestand.

Die Boulevardpresse hatte ihren Aufmacher und Rekordumsätze mit dieser Story. So genannte Freunde hatten sich zurückgezogen. Sie waren Freunde nur wegen seiner Erfolge und seines Einflusses. Von einen Tag auf den anderen gab es sie nicht mehr. Er war jetzt Herr seiner Tage und niemandem Rechenschaft schuldig. Er hatte an Corinna sein luxuriöses Anwesen und an Johanna einen beträchtlichen Teil seiner Aktien verloren. Aber ihm blieb immer noch genügend Kapital, denn er hatte wohlweislich Geld auf einem Konto im Ausland deponiert. Und so kaufte er sich ein Luxusappartement am Rande des Stadtparks in einem der Penthäuser, die dort für betuchte Leute gebaut worden waren. Kurze Zeit darauf erschien seine Biographie mit dem Titel „Geld stinkt nicht".

Er engagierte eine Haushälterin, die ihm den Haushalt führte und genoss ein ruhiges Leben mit Reisen und ausgedehnten Spaziergängen, die ihn auch zufällig in den nahen Stadtpark geführt hatten. Aus dem Industriellen Magnus König war ein Privatier geworden.

***

Und nun stand dieser Privatier, geschniegelt und gebügelt, vor Rudi und wollte von ihm das Schachspielen erlernen. Von ihm, dem Obdachlosen. Welch ein absurder Gedanke. War der noch zu retten?

Aber Rudi war da so eine Idee gekommen. Vielleicht war der doch noch zu retten. Lilli hatte ihm nicht umsonst die Widmung ins Schachbuch geschrieben. Man könnte die mit Leben erfüllen. „Ich werde es mir überlegen", sagte er zu dem Fremden. „Eine Nacht drüber schlafen. Kommen Sie morgen Vormittag wieder. Dann können wir reden. Und bringen Sie ein paar Flaschen Bier mit. Dann spricht es sich leichter." Und mit einer angedeuteten Verbeugung ließ er den ehemaligen Industriellen Magnus König stehen und ging seiner Wege, ohne dessen Antwort abzuwarten.

Knallgas und Hamlet hatten die Unterhaltung nur mit halbem Ohr verfolgt und kaum ein Wort verstanden. Doch die letzten zwei Sätze ließen sie aufhorchen. War da die Rede von Bier? Das waren ja schöne Aussichten. Knallgas hätte zwar lieber eine Flasche *Aquavit* und dazu eine Schachtel Zigaretten. Und Hamlet stand auf *Henkell Trocken*, weil ein sehr bekannter Schauspieler einmal in einem Werbespot für eine Sektmarke die Parole „Lieber trocken trinken, als trocken feiern" ausgegeben hatte, was Hamlet bedingungslos verinnerlichte. Seitdem stand er auf Sekt trocken bei feucht fröhlichen Feiern, die aber in den letzten Jahren mehr als rar geworden waren. Aber Bier war als Ersatz für *Aquavit* und *Henkell Trocken* auch in Ordnung. Hauptsache, nicht nur trockene Brötchen vom Bäcker des Vertrauens zum Frühstück. Das wollten sie Rudi noch verklickern. Aber da war der schon auf dem Weg aus dem Park in Richtung Straße.

Eigentlich wollte Rudi noch einen Umweg machen, um im Supermarkt eine Fischbüchse, Bier und Brot zu kaufen. Vielleicht schenkt mir die hübsche Verkäuferin an der Kasse ja doch noch ein Lächeln? Aber dann ließ er von seinem Vorhaben ab. Zu sehr beschäftigte ihn noch der heutige Tag. Erst das Trinkgeld der alten Frau für sein Eingreifen beim versuchten Diebstahl der Tasche mit dem vielen Geld. Dann die rührende Szene im Friseursalon von Yusuf. Die verlorene Schachpartie gegen Knallgas. Und zum Schluss noch dieser total verrückte Wunsch eines fremden Mannes, das Schachspielen von ihm, dem Obdachlosen, zu erlernen. Das war zu viel für den Moment. Und so ließ er Fischbüchse,

Bier und Brot im Supermarkt, verzichtete auf das erhoffte Lächeln der hübschen Verkäuferin an der Kasse und schlurfte auf direktem Weg zu seiner Notunterkunft.

Als Rudi dort ankam, fiel als Erstes sein Blick auf das Schachbrett mit der angefangenen Partie. Wie war das doch noch gleich? Ach ja, die Vorbereitung der Rochade mit Lf1-e2 wäre der bessere Zug gewesen. Die Rochade – ein Doppelzug! Die Rochade – ein Wechsel der Positionen von König und Turm! Die Rochade – eine Idee! Lillis Widmung im Schachbuch! Und Rudi Turm, alias *„Botwinnik"*, fasste einen weit reichenden Entschluss!

***

Die Rochade

Ein unfreiwilliger Obdachloser kroch aus seinem Schlafsack, strich sich über seine am Vortag frisch geschnittenen Haare und seinen immer noch struppigen Bart, den ein türkischer Barbier zwar eingeseift hatte, aber nicht mehr abrasieren konnte, weil ihm vor Überraschung das Messer aus der Hand gefallen war und sein Kunde den Friseursalon verlassen hatte, bevor die Rasur beendet war.

Die Blase meldete sich wie jeden Morgen, und nachdem er mit zum Himmel erhobenem Blick auf das immer noch frische Grün an der Rückwand des leerstehenden Hauses gepinkelt hatte, erledigte er seine Morgentoilette am Regenfass und putzte sein Gebiss mit dem gleichen Wasser und einer Zahnbürste, die eigentlich neue Borsten gebraucht hätte. Sein Frühstück fiel heute spartanisch aus, da ihm das Bier ausgegangen war. Am gestrigen späten Nachmittag hatte er nach all den Aufregungen keine Lust mehr gehabt, noch im Supermarkt Bier zu kaufen und auf ein freundliches Lächeln der jungen Frau an der Kasse zu hoffen. Nur ein Kanten Brot vom Vortag war noch übrig. Den würgte er trocken runter. Dann steckte er das Schachbuch in seinen Rucksack, stand noch einen Moment unschlüssig da und schaute sich prüfend um, wobei sein Blick auf das Schachbrett mit der angefangenen Partie fiel, das unberührt an seinem Platz stand. Und wie ein Blitz aus heiterem Himmel war da plötzlich so ein Gefühl, dass grundlegende Veränderungen ihre Schatten vorauswerfen. Aber so schnell wie der Gedanke gekommen war, war er auch schon wieder vorbei.

Rudi Turm, alias *„Botwinnik"*, verließ die Bruchbude, die er nur noch zweimal in diesem baufälligen Zustand betreten sollte. Er verschloss die Außentür mit dem Dietrich und schlurfte durch die menschenleere Straße – Richtung Treff!

***

Ein menschenfreundlicher türkischer Friseur befreite sich sanft aus den Armen einer blonden und blauäugigen Frau, die ihn so fest umschlungen hielt, dass er Mühe hatte, sie beim Verlassen des gemeinsamen Nachtlagers nicht aufzuwecken. Er rieb sich den Schlaf aus den Augen und, nur mit Shorts bekleidet, ging er in die Küche, um Kaffee zu kochen. Ein kleiner Junge mit pechschwarzen Haaren und blauen Augen schlief friedlich in einer Ecke auf dem Sofa dieser Idylle, in die die Morgensonne die ersten Strahlen schickte. Er küsste den Jungen auf die Stirn, brühte zwei Tassen türkisch, trank seinen Kaffee im Stehen in der Küche und schlich auf Zehenspitzen zum Bett zurück, das von einem großen schwedischen Möbelhaus auf Garantieanspruch geliefert und auch sofort nach Vorschrift der Bauanleitung von Mitarbeitern des gleichen Hauses aufgebaut worden war. Mit einem zarten Kuss weckte er die junge Frau, die aus einem süßen Traum zu erwachen schien und sich verschlafen die Augen rieb. Sie erwiderte seinen Kuss mit Hingabe, schenkte ihm ein hinreißendes Lächeln, richtete sich spontan im Bett auf, wobei die Bettdecke verrutschte und ihre wohlgeformten Brüste sichtbar wurden, streckte die Arme nach ihm aus und umarmte ihn stürmisch. Dabei stieß sie ihm die Tasse Kaffee aus der Hand und der türkische Inhalt landete im Bett, was beide nicht davon abhielt, noch einmal in den aufgewühlten und nun kaffeebraunen nassen Kissen zu versinken. Nach einer Welle von Zärtlichkeiten und Liebkosungen, die nicht enden wollten, löste er sich unendlich langsam von ihr. Er betrachtete stolz den immer noch schlafenden Jungen, ging wieder in die Küche, wobei er Melodien aus *Die Hochzeit des Figaro* summte und brühte erneut zwei Tassen Kaffee türkisch. Noch immer im Bett sitzend, mit entblößter Brust lächelnd, nahm sie dankbar die Tasse türkisch mit einem erneuten, aber vorsichtigen Kuss entgegen.

Virginia Dame und Yusuf Piyon tranken nach Jahren der Abstinenz ihren ersten gemeinsamen türkischen Morgenkaffee in einem Echtholzbett aus schwedischer Fichte. Nach einer weiteren zärtlichen Umarmung verließ Yusuf die Wohnung – Richtung Stadtpark!

***

Ein athletisch gebauter Sprengstoffexperte blinzelte verschlafen in die Morgensonne. Am Abend zuvor hatte er, wie immer in der warmen Jahreszeit, sein Nachtlager auf einer Landzunge am Flussufer aufgeschlagen, gut versteckt hinter Strauchwerk, damit er sowohl von der Landseite als auch von vorbeifahrenden Schiffen nicht gesehen werden konnte. In der einbrechenden Dunkelheit hatte er mit einer Angel zwei größere Fische gefangen und, den grenzenlosen Sternenhimmel über sich, in der glühenden Asche eines Reisigfeuers in Alufolie gegart. Als Köder hatte ihm der Teig eines der zwei Brötchen gedient, die am gestrigen Tag klammheimlich und wie von Zauberhand in seinem Beutel verschwanden, als Hamlet damit vom Bäcker seines Vertrauens am Treff ankam.

Die Angel mit Rolle war neu. Er hatte sie sich von einem Angler „geangelt", als dieser beim Nachtfischen, fünf leere Bierflaschen neben sich, eingeschlafen war. Seine alte Angel, bis vor kurzem noch gut am Ufer versteckt, war vom letzten Hochwasser mitgenommen worden. Die fünf leeren Bierflaschen hatte er auch gleich eingesackt und den Leergutbon mit Zuzahlung im Supermarkt gegen eine Flasche Hochprozentigen und eine Schachtel Zigaretten eingetauscht. Zum Abendbrot hatte er den gegarten Fisch mit dem letzten Brötchen verspeist und sich dazu einen großen Schluck aus der Flasche *Aquavit* genehmigt, die er immer im nassen Kies der Uferzone vergrub und zusätzlich an einen großen Stein festband, damit kein Hochwasser sie als Flaschenpost wegspülen konnte.

Er badete nackt in der seichten Uferzone, ließ sich von Sonne und Wind trocknen, versteckte seine Angel unter allerlei Treibgut, sicherte die angetrunkene Flasche *Aquavit*, bedeckte den Aschehaufen seines abendlichen Feuers mit Spülsand und Kies, verzehrte die letzten Reste von Fisch und Brötchen und schulterte sein Obdachlosengepäck.

Die letzte seiner Zigaretten im Mundwinkel und voller Vorfreude auf das in Aussicht gestellte Bier, begab sich Siegfried Läufer, alias *„Knallgas"*, die idyllische Flusslandschaft hinter sich lassend, schnellen Schrittes – Richtung Treff!

***

Ein verkrachter Weltschauspieler mit langen, zu einem Pferdeschwanz gebundenen Haaren, erhob sich von einer Liege in der Garderobe des geschlossenen städtischen Theaters. Er hatte das offene Fenster entdeckt, als er eines schönen Tages wehmütig um das Gebäude schlich, war eingestiegen und hatte sich hier, so gut es ging, eingerichtet. Zu seinem Glück hatte man bei der Schließung des Hauses dieses Fenster im Erdgeschoss nicht verriegelt, Strom und Wasser sonderbarerweise nicht abgestellt und ein Wasserkocher sowie eine fast volle Büchse mit löslichem Kaffee waren auch noch da. Die hatte bestimmt einer der Schauspieler vergessen. Ein Kaffeepott hatte sich auch noch angefunden, und so begann sein heutiger Morgen, wie jeder Morgen, nach einer kalten Dusche und zwanzig Kniebeugen mit einem heißen Kaffee zwischen und dem Osterspaziergang aus Goethes *Faust* auf den Lippen, wobei er die letzten zwei Zeilen „… zufrieden jauchzet groß und klein, hier bin ich Mensch, hier darf ich's sein", mit besonderem Pathos rezitierte. Essen mochte er noch nichts, obwohl noch zwei Brötchen und ein Stück Streuselkuchen vom Bäcker seines Vertrauens für ihn persönlich übriggeblieben waren, weil die anderen das zum Glück nicht mitbekommen hatten. Er war ein Morgenmuffel. Aber der Kaffee weckte seine Lebensgeister und machte Hoffnung auf einen interessanten Tag. Ein Schluck *Henkell Trocken* wäre auch nicht schlecht gewesen, aber leider nicht vorhanden. Nur eine leere Flasche dieses edlen Getränks, wahrscheinlich von der Abschiedspartie nach Schließung der Bühne, stand noch in einer Ecke rum.

Der Pott war leer, der Pferdeschwanz frisch gebunden und so gestärkt und frisiert kletterte Bernhardt Springer, alias „Hamlet", unbemerkt durch das offene Fenster des geschlossenen städtischen Theaters ins Freie und spazierte, noch einmal den Osterspaziergang auf den Lippen, beschwingt in den noch jungen Tag – Richtung Treff!

***

Eine ehemalige freigiebige Gymnasiastin rekelte sich, berauscht vor Glück, in dem Bett aus Echtholz, das ein schwedisches Möbelhaus auf Garantie geliefert hatte und von Mitarbeitern des gleichen Hauses aufgebaut worden war.

Immer noch in Erinnerung an den gestrigen Tag und wie im Traum, hatte sie ihre entblößte Brust mit einem Männerhemd bedeckt und war aufgestanden. Der Mann, den sie aus tiefstem Herzen liebte, hatte sich kurz zuvor von ihr mit einem Kuss in Richtung Stadtpark verabschiedet.

Nach dem glücklichen Wiedersehen im Friseursalon hatte dieser nichts Eiligeres zu tun gehabt, als seinen Salon abzuschließen und mit ihr im Arm und ihrem gemeinsamen Sohn an der Hand ein türkisches Restaurant aufzusuchen. Sie hatten geschmorten Hammel mit traditionellen Beilagen bestellt und nach dem reichhaltigen Essen noch Kaffee, natürlich türkisch. Danach hatte er die beiden, sie im Arm und ihren gemeinsamen Sohn an der Hand, zu seiner Wohnung geführt. Bis spät in die Nacht saßen sie, eng aneinandergeschmiegt auf dem Sofa und ließen die Vergangenheit und ihr Alleinsein nach der Trennung vergessen. Er hatte ihr auch von dem Obdachlosen, der bei ihrem Wiedersehen still und heimlich aus dem Salon verschwunden war, erzählt. Und versichert, dass er ihn, der unverschuldet in Not geraten war und ein guter Mensch ist, schon lange kennt. Darum wollte er gleich morgen früh zum Schachfeld im Stadtpark, um sich zu entschuldigen, weil er die Rasur nicht beendet hatte und sich natürlich auch für dessen rücksichtsvolles Verhalten zu bedanken. Sie hatte sich über seine Menschlichkeit und Toleranz gefreut und ihm das auch gesagt.

Als der Junge in den Armen seines Vaters eingeschlafen war, hatten sie ihm auf dem Sofa ein Nachtlager bereitet. Erst als das erste Morgengrauen den neuen Tag ankündigte, waren sie selbst eng umschlungen eingeschlafen.

Und nun war sie vor wenigen Minuten, nach einem glücklichen Wiedersehen und einer Liebesnacht, mit einem Kuss in dem Bett geweckt worden, in dem sie vor langer Zeit schon einmal den Himmel auf Erden erlebt hatte. Ihr gemeinsamer Sohn schlief noch fest und ein träumerisches Lächeln umspielte seine Lippen. Zärtlich strich sie ihm über das schulterlange schwarze Haar, das er von seinem Vater geerbt hatte. Alles ist gut, dachte sie glücklich. Alles wird gut.

Und mit Tränen der Rührung und Freude in den Augen erwartete Virginia Dame das, was sie sich schon lange erträumt hatte – ein Leben mit Yusuf!

***

Ein skrupelloser Privatier reckte sich in seinem Luxusappartement gähnend in den Daunen seines breiten Wasserbetts, stieg in seine gefütterten Pantoffeln und begab sich ins Badezimmer, wo er den seidenen Pyjama ablegte. Nach einer wohltuenden Dusche rasierte er sich gründlich, benutzte nach so vielen Jahren immer noch *Rodeo*, das Rasierwasser mit dem Duft des undressierten Mannes, putzte sich gründlich die Zähne und kleidete sich an. Er entschied sich für eine graue Hose, ein beigefarbenes Oberhemd mit passender Krawatte und ein dezent kariertes Sakko in bordeauxrotem Grundton. Dazu wählte er die passenden Socken und Schuhe. Seine Haushälterin, schon seit sechs Uhr in der Wohnung, hatte wie jeden Morgen den Frühstückstisch gedeckt, an dem er sich nun mit der Morgenausgabe der ansässigen Tageszeitung niederließ. Mit einer Damastserviette wischte er sich nach zwei Tassen Kaffee und einem Glas Orangensaft, einem Butterhörnchen mit Honig, einem Kaviartoast und einem Glas *Moet & Chandon* die letzten Krümel vom Mund. Ein gutes Frühstück hält Leib und Seele zusammen und die Neugier ist die Fresslust der Sinne. Diese Sprüche hatte er irgendwann aufgeschnappt und zu seinem Morgenmotto gemacht. Und so warf er nach dem fürstlichen Frühstück noch einen Blick in die Zeitung und überflog die Schlagzeilen. Auf den Philippinen war ein Vulkan ausgebrochen und viele Menschen mussten evakuiert werden. In Peking war die Luftverschmutzung so stark, dass man keine fünfzig Meter weit sehen konnte und die Menschen aufgefordert wurden, die Häuser nicht zu verlassen und Fenster und Türen geschlossen zu halten. Italien hatte die soundsovielte Regierungskrise. In Mexiko war ein Boss des Drogenkartells erschossen worden. Das Fernsehen brachte den fünften „Tatort" und sechsten „Polizeiruf" in dieser Woche. In Russland waren zehn Menschen an Methylalkoholvergiftung durch Schwarzbrennerei gestorben. Vor der italienischen Insel Lampedusa war ein Boot mit nordafrikanischen Flüchtlingen an Bord gekentert und viele Menschen waren ertrunken. Die Grünen forderten ein Tempolimit von 120 km/h auf allen deutschen Autobahnen. Eine bekannte Hollywood-Schauspielerin hatte sich oben ohne fotografieren lassen, um zu demonstrieren, dass alles echt und kein Silikon war, was einen Skandal auslöste. Die Bierpreise waren gestiegen und die Aktienkurse gefallen.

Und so gestärkt an Leib, Seele und Neuigkeiten für die Sinne landete die Zeitung auf der Butterdose, wo sich sogleich ein großer Fettfleck gerade in der Werbung für *Kerrygold* ausbreitete, obwohl ihm seine Haushälterin zum Frühstück, trotz der viel gepriesenen Qualität des irischen Erzeugnisses, eine in Deutschland abgepackte *Deutsche Markenbutter* hingestellt hatte.

Er steckte sich nach diesen, für Magen und Geist reichhaltigen Genüssen wie jeden Morgen die Brieftasche mit einer nicht unbeträchtlichen Summe in Schweizer Franken und der Landeswährung ein, telefonierte nach einem Taxi, schnappte sich ein Sechserpack Bier, das seine Haushälterin gestern besorgen musste, schaute noch einmal in den Spiegel und überlegte kurz, ob er auch heute einen Hut aufsetzen sollte, auf den er dann aber wegen des warmen Wetters verzichtete.

Magnus König verließ seine Wohnung, die er noch zweimal und dann ein halbes Jahr nicht mehr betreten sollte, stieg in das wartende Taxi und ließ sich mit einem Sechserpack *Pilsner Urquell* zum Freilandschachfeld fahren – Richtung Stadtpark!

***

Rudi kam als Erster am Treff an. Zu seiner Verwunderung stellte er fest, dass die am Vortag noch übervollen Abfallkörbe geleert worden waren. Offensichtlich hatten die Müllfahrer der Stadtreinigung ihren Streik beendet und für Sauberkeit im Park gesorgt. Das musste aber vor den ersten Hundespaziergängern passiert sein, denn schon wieder lagen drei neue Hundekackehaufen am Rande des Schachfeldes, die Rudi nun erst einmal beseitigte. Sollte dieser Magnus König tatsächlich wiederkommen und Bier mitbringen, wollte er kein Risiko eingehen. Er hatte den Sturz von Knallgas, als der das erste Mal am Treff aufkreuzte, noch nicht vergessen. Außerdem gehörte Hundekacke nun einmal nicht zu einem Freilandschachfeld.

Und dann erschien, und Rudi traute seinen Augen nicht, Yusuf. Was, in Allahs Namen, wollte der denn hier am frühen Morgen? Doch das sollte Rudi bald erfahren. Yusuf wollte sich bei ihm entschuldigen und bedanken. Entschuldigen dafür, dass er am gestrigen Tag seine Arbeit nicht beendet und den eingeseiften Bart an Rudis Kinn gelassen hatte, und bedanken für Rudis rücksichtsvolles Verschwinden aus dem Salon. „Du guter Mensch. Ich dir alles erzählen. Später. Ich jetzt nich viel Zeit. Ich jetzt sehr glücklich. Bart wir rasieren, wann du willst. Und ich kein Geld wollen. Basta!" Und damit war Yusuf auch schon wieder verschwunden, bevor Rudi irgendetwas erwidern konnte.

Knallgas kam als Nächster. Und obwohl immer noch ziemlich sportlich, war der doch ganz schön außer Puste. Es hatte beinahe den Anschein, dass er in Vorfreude auf das kostenlos in Aussicht gestellte Bier den weiten Weg vom Flussufer bis zum Treff gerannt war. „Ist der feine Pinkel schon da?", war seine erste Frage, nach

Luft schnappend. „Nein, noch nicht", brummte Rudi. „Außer mir ist noch keiner hier. Oder siehst du noch jemanden? Übrigens heißt es ‚Guten Morgen‘, wenn man ankommt. Oder hast du das schon wieder vergessen?"

„Na ja, schon gut. Hast ja Recht. Guten Morgen", stieß Knallgas, immer noch nach Atem ringend, hervor.

Mittlerweile war etwa eine halbe Stunde vergangen, als am Eingang des Parks, in unmittelbarer Nähe zum Hauptweg, ein Taxi hielt. Ihm entstieg Magnus König, bekleidet mit einer grauen Hose, einem beigefarbenen Hemd und einem karierten Sakko in bordeauxrotem Grundton. Nachdem er den Fahrer entlohnt hatte, reichte dieser ihm ein Sechserpack Bier von der Rückbank, das er sich unter den Arm klemmte und seine Schritte Richtung Schachfeld lenkte. Auf seinem Weg dorthin musste er erst einmal einem weiteren Hundekackehaufen ausweichen, der mitten auf der Hauptallee lag. Glücklicherweise hatte er den noch rechtzeitig bemerkt. Mit einem scheelen Blick auf die Hinterlassenschaft des Vierbeiners runzelte er die Stirn.

Unmittelbar hinter Magnus König tauchte Hamlet, wild mit den Armen gestikulierend und dabei ständig auf ihn zeigend, auf. Rudi hatte die Szene aus einiger Entfernung beobachtet, denn wegen seiner Zweifel, ob der Fremde überhaupt kommen würde, hatte er schon mehrmals in Richtung Hauptallee geschaut. „Der kommt also doch", stellte er nun nüchtern fest. „Und Bier scheint er auch mitzubringen. Muss ihm ja wohl ernst sein, das mit dem Schachspielen."

Beim Schachfeld angekommen, stellte Magnus König das Sechserpack auf eine Bank und begrüßte die ihn erwartungsvoll musternden „Herren des Platzes" mit einem nicht unfreundlichen: „Guten Morgen. Da bin ich wieder. Und Bier habe ich auch mitgebracht. Ist das so in Ordnung?"

Manieren hat er, aber wir werden ja sehen, dachte Rudi noch kurz, bevor er den Gruß erwiderte. „Doch erst einmal danke für das Bier." Und sofort kramte er in seiner Plastiktüte, fand den Flaschenöffner und verteilte vier der von ihm geöffneten *Pilsner*

Urquell in der versammelten Runde, denn Hamlet hatte sich inzwischen auch zu ihnen gesellt. Den hätte Rudi am liebsten mit „Spät kommt ihr, aber ihr kommt!" begrüßt, aber da ihm der vollständige Wortlaut nicht einfiel und um nichts Falsches zu sagen, ließ er es dabei bewenden.

„Entschuldigen Sie, aber ich habe noch nie Bier aus der Flasche getrunken. Ich trinke gewöhnlich nur Rotwein oder Champagner, und wenn schon ausnahmsweise mal Bier, dann nur aus einem Glas. Darum möchte ich bitte kein Bier. Aber lassen Sie es sich trotzdem schmecken."

Magnus König wollte Rudi die Flasche zurückgeben, aber der nahm sie nicht. „Vielleicht werden Sie ja künftig, ob nun Bier oder andere Getränke, aus der Flasche trinken müssen. Probieren Sie schon mal. Mund auf und einfach laufen lassen. Dann saugt man sich nicht an der Flaschenöffnung fest und verschluckt sich auch nicht. Irgendwann ist immer das erste Mal. Also vorwärts! Prost!" Rudi nickte Magnus König aufmunternd zu.

Und um sich keine Blöße zu geben, setzte Magnus König zum ersten Mal in seinem Leben eine Bierpulle, wenn auch zögerlich, an die Lippen und war erstaunt, dass das „Aus-der-Flasche-trinken" besser ging, als er gedacht hatte, obwohl ein paar Tropfen vom *Pilsner Urquell* auf sein kariertes Sakko mit bordeauxrotem Grundton tropften.

„Na also. Gar nicht schlecht, für den Anfang", war Rudis Kommentar. Er hatte Magnus König bei seinem Versuch, aus der Flasche zu trinken, aus den Augenwinkeln beobachtet. Und dann kam er sofort auf den Punkt.

„Sie wollen also das Schachspielen lernen und darum sind Sie heute wieder hier", fuhr Rudi nach der Bierverteilung und dem Antrinken fort. „Doch bevor wir weiter darüber reden, nehmen wir erst einmal einen zweiten Schluck. Erstens habe ich Durst, denn ich hatte heute früh nur einen Kanten Brot, ohne was zu trinken und zweitens redet es sich mit feuchtem Mund besser als mit trockenem. Außerdem kommt es ja nicht alle Tage vor, dass jemand so freigiebig ist. Und bevor Sie es sich anders überlegen oder hier irgendjemand ‚Mein mit Sein' verwechselt, nehme ich die restlichen zwei Flaschen vorsorglich in Verwahrung. Und du Knallgas kannst in der Zwischenzeit schon mal die Verpackung in den Abfalleimer schmeißen. Der ist ja jetzt wieder leer." Mit diesen Worten, die keinen Widerspruch duldeten, und der unmissverständlichen Aufforderung, auf dem Platz für Ordnung zu sorgen, steckte Rudi die zwei restlichen Bierflaschen in seine Plastiktüte und schob Knallgas die leere Pappe des Sechserpacks zu.

„Darf ich fragen, wie Sie sich das mit dem Schach gedacht haben?", wandte sich Rudi erneut an seinen Gegenüber und griff mit dieser Frage das begonnene Gespräch wieder auf.

„Na ja, ich hatte mir das so gedacht." Und Magnus König holte zu einer längeren Erklärung aus. „Ich komme zwei- oder auch dreimal die Woche, je nach Wetterlage, Lust und Laune, hier zum Schachfeld. Sie unterrichten mich und bringen mir alle Tricks bei, die man so beim Schachspiel braucht, um zu gewinnen. Ich würde Sie dafür gut bezahlen. Sagen Sie mir Ihren Preis." Und um seinem Angebot Nachdruck zu verleihen, zückte er demonstrativ seine prall gefüllte Brieftasche.

„Außerdem sollte es an weiteren Sechserpacks nicht fehlen. Vielleicht spielt es sich bei einem oder zwei Bier wirklich leichter. Und aus der Flasche zu trinken, habe ich ja nun schon mal probiert. Bestimmt lerne ich das dann so nebenbei auch noch richtig. Ich habe schon viel in meinem Leben erlebt und auch erfolgreich absolviert. Doch Schach war für mich ein Fremdwort, bis mir die *Schachnovelle* in die Hände fiel. Die hat mich nicht nur neugierig auf dieses Spiel gemacht, sondern auch dadurch fasziniert, dass der Held ja eigentlich gar nicht Schach spielen konnte, sondern nur einzelne Züge von Partien in seinem Hirn gespeichert hatte. Ich hätte nicht in seiner Haut stecken mögen, als man ihn zu einer Schachpartie aufforderte und ich glaube, dass gerade diese Tragik in mir den Wunsch geweckt hat, dieses Brettspiel zu erlernen. Auch scheint mir, dass Schach ein zweifelsohne interessantes und strategisches Spiel ist. Und da Strategie zu meiner Zeit als Unternehmer eine meiner großen Stärken war, um im harten Wettbewerb zu bestehen, möchte ich mich auch beim Schach ausprobieren. Warum ich gerade nun von Ihnen dieses Spiel erlernen möchte, kann ich nicht genau sagen. Vielleicht, weil wir es hier im Park machen können. Dieses Freilandschach ist ein neutrales Feld, und meine Privatsphäre bleibt geschützt. Ich habe Sie beim Spiel schon des Öfteren heimlich beobachtet. Sie scheinen mir sehr überlegt zu agieren. Außerdem denke ich, dass wir etwa gleichaltrig sind, und wenn ich mich nicht täusche, scheinen Sie ein vernünftiger Mensch zu sein, auch wenn Sie am Rande der Gesellschaft leben. Und eines sollten Sie noch wissen. Es ist keine fixe Idee. Wenn ich mir einmal etwas in den Kopf gesetzt habe, dann will ich das auch erreichen, koste es, was es wolle. So viel zu meinen Beweggründen. Reicht Ihnen das?"

Alle hatten, ohne Magnus König zu unterbrechen, zugehört. Rudi brauchte ein paar Minuten, um über das soeben Gehörte nachzudenken. Knallgas dachte an die in Aussicht gestellten Sechserpacks und ob nicht vielleicht auch ein paar Schachteln Zigaretten mit abfallen könnten. Und Hamlet wollte gerade wieder einen von seinen frommen Sprüchen loslassen, aber Rudi brachte ihn mit einer Handbewegung zum Schweigen. Er war gefragt worden. Also hatten Knallgas und Hamlet gefälligst so lange zu warten bis auch sie, wenn überhaupt, an der Reihe waren.

„Ich gebe zu, ich kenne ein wenig Ihre Vergangenheit." Rudi hatte sich wieder Magnus König zugewandt. „Es war da mal so ein Artikel über Sie und Ihr bisheriges Leben in einer großen Boulevardzeitung. Trotzdem ich am Rande der Gesellschaft lebe, wie Sie soeben sagten, kann ich doch lesen und schreiben. Aber das mit dem Artikel ist schon etwas her, und manchmal ist es gut, wenn man die Vergangenheit ruhen lässt und sich der Zukunft zuwendet. Darum habe ich über Ihren Wunsch nachgedacht. Ich werde Ihnen das Schachspielen beibringen. Aber nicht für Geld. Das können Sie getrost behalten. Ich stelle nur eine Bedingung. Wir eröffnen unseren Schachkurs mit einer *Rochade*. Beim Schach ist das ein Doppelzug, bei dem König und Turm gleichzeitig bewegt werden und in etwa ihre Positionen tauschen. Auf unsere gegenwärtige Situation übertragen heißt das, Sie werden für einen überschaubaren Zeitraum der Obdachlose Rudi Turm und ich nehme Ihre gesellschaftliche Stellung ein und werde der Lebemann Magnus König. Das gilt ohne Kompromisse. Ich biete Ihnen damit die Möglichkeit, sowohl das Schachspiel zu erlernen als auch über Ihr bisheriges Leben und Ihre heutige Lebenssituation nachzudenken." Rudi machte eine kurze Pause, bevor er fortfuhr.

„Es gibt zwei Möglichkeiten, die *Rochade* zu beenden. Entweder Sie geben auf und steigen aus oder Sie gewinnen erstmalig eine Schachpartie gegen mich. Dann kann ich Ihnen nicht mehr viel beibringen. Dann ist die *Rochade* beendet, und jeder kehrt in sein früheres Leben zurück." Und nach einer weiteren Pause: „Sie können aber jederzeit mit unserer Hilfe rechnen, denn auch die beiden da", und Rudi zeigte auf Hamlet und Knallgas, „leben genau wie ich schon lange auf der Straße. Und natürlich können Sie, sooft Sie wollen, gegen sie spielen, denn meine beiden Leidensgenossen sind ebenfalls gute Spieler, von denen Sie auch eine Menge lernen können. Da wir ungefähr die gleiche Statur und etwa das gleiche Alter haben, wird Sie bald niemand mehr als Magnus König erkennen, wenn Sie in meine Rolle schlüpfen. Ungepflegte Haare und Bart, abgetragene Klamotten, viel zu große Schuhe und eine Plastiktüte mit Leergut in der einen und eine Bierflasche in der anderen Hand entstellen einen Menschen total. Und da wir gerade dabei sind. Hier wird jeder geduzt. Das gilt dann ab sofort auch für Sie. Der sportliche Kettenraucher da ist Knallgas, der verkrachte Schauspieler mit dem Pferdeschwanz ist Hamlet, ich bin hier am Schachfeld Botwinnik und Sie werden wir *Konto* nennen. Dieser Name könnte zu Ihnen passen. Denn Sie haben doch sicher ein Konto, auch im Ausland, oder? Sagten Sie nicht gestern was von Geldangelegenheiten, die sie in der Schweiz geregelt haben? Aber das nur am Rande. Das alles sind Äußerlichkeiten, auf die es hier nicht ankommt. Etwas anderes ist viel wichtiger. Meine verstorbene Frau schrieb es mir als Widmung in dieses Büchlein. Lesen Sie selbst!"

Und damit zog Rudi das Schachbuch aus seinem Rucksack und reichte es Magnus König, nachdem er die entsprechende Seite aufgeschlagen hatte. Und Magnus König las die Zeilen, die Rudi Turm längst verinnerlicht hatte.

„In der Weizenkorn-Legende steckt viel Wahres.
Schach ist nicht nur ein Spiel, Schach hat eine Seele.
Es ist eine Lebensphilosophie, die diese Welt besser machen könnte. "

„Fragen Sie in der Bibliothek nach der *Weizenkorn-Legende.* In irgendeiner Broschüre wird sie sicherlich zu finden sein. Und nur wenn Sie bereit sind, sich innerlich für die Weisheiten aus dieser Legende zu öffnen und daraus eventuell Lehren für Ihr weiteres Leben zu ziehen, werden Sie auch bereit sein, meinen Vorschlag anzunehmen. Für ein Umdenken ist es nie zu spät. Überlegen Sie es sich gründlich. Wenn Sie dann immer noch, unter der von mir vorgeschlagenen Bedingung, das Schachspielen erlernen wollen, werde ich gern Ihr Lehrer sein. Der Schachkurs ist, wie schon gesagt, kostenlos. Denn falls Sie bereit sind, meinen Vorschlag anzunehmen, werden Sie wohl kaum noch Geld für weitere Sechserpacks aufbringen können. Das können Sie dann getrost vergessen. Die *Rochade* ist total, auch finanziell. Und nochmals danke für das Bier. Das wäre für den Moment alles. Mehr habe ich dazu nicht zu sagen." Und Rudi spülte seinen, nach dieser langen Rede trockenen Mund mit einem Schluck Bier.

Magnus König hatte schweigend zugehört und in seinem Gesicht waren, je länger Rudi gesprochen hatte, Überraschung, Abwehr, Zweifel und Unentschlossenheit zu lesen. Er hatte mit allem gerechnet. Mit der Zahlung eines größeren Geldbetrages, mit Lebensmittelpaketen, Zigaretten, Schnaps oder Bier als Entschädigung. Nur nicht mit diesem Vorschlag. Er sollte umdenken und sein bisheriges Leben ändern, nur um das Schachspielen zu erlernen? Er sollte dafür in die Rolle dieses Obdachlosen schlüpfen? Was für eine Bedingung! Da hatte er doch diesen, wie nannte der sich noch gleich, ach ja, Botwinnik total unterschätzt. Das war zu viel für den Moment. Das kam wie ein Blitz aus heiterem Himmel. Das hatte er sich anders vorgestellt. Da brauchte er Zeit zum Nachdenken. Und grußlos, ohne sein Bier auszutrinken, verließ er den Platz und lenkte seine Schritte Richtung Parkausgang.

Knallgas und Hamlet hatten mittlerweile ihre Flaschen geleert. Die konnten das Ganze noch nicht in die Reihe kriegen. Hatten sie das richtig verstanden? Dieser König sollte ein Penner, ihr Leidensbruder werden, und Botwinnik ein feiner Pinkel? Und das alles nur, weil der Schach lernen wollte? Was ging da in Botwinnik vor? Was hatte der sich da ausgedacht? Wie sollte das funktionieren?

Aber dann – warum nicht? War doch ganz witzig und mal eine neue Variante, diesem feinen Herrn das Schachspielen beizubringen. Noch dazu unter freiem Himmel und nicht, weil der wegen irgendwelcher Steuergeschichten im Strafvollzug einsitzen musste, im Knast.

Hamlet war der Erste der beiden, der das geschnallt und schon wieder einen seiner flotten Sprüche auf den Lippen hatte. *„Wir wollen sein ein einig Volk von Brüdern, in keiner Not uns trennen und Gefahr."* Was so viel heißen sollte, dass er für seine Person nichts dagegen einzuwenden hätte. Aber Knallgas fragte Rudi immer noch zweifelnd: „Ist das wirklich dein Ernst? Du willst mit diesem feinen Pinkel die Rollen tauschen? Glaubst du wirklich, dass der auf deinen Vorschlag eingeht? Und geht das denn so einfach? Könntest du denn wieder normal leben? Und dieser König als Penner?"

„Ob der auf meinen Vorschlag eingeht, wird sich zeigen", antwortete Rudi. „Wir werden sehen. Er hat ja nicht sofort nein gesagt. Bestimmt denkt der jetzt über mein Angebot nach. Und ich glaube, dass jeder Mensch in der Lage ist, sich veränderten Lebensumständen anzupassen. Es gehört nur eine Portion Willen dazu. Und dann seid ihr ja auch noch da, um diesem König zu helfen und ihn in die nötigen Überlebensstrategien einzuweisen. Ihr habt genügend Erfahrung beim Leben auf der Straße. Du mit deiner Zähigkeit, Dinge in eine bestimmte Richtung zu bringen und Hamlet mit seinem schauspielerischen Talent. Ihr könnt ihm ja unter die Arme greifen, wenn er ins Stolpern gerät. Um mich braucht ihr euch keine Sorgen zu machen. Ich schaff das schon. In meinem früheren Leben habe ich ja auch normal gelebt. Der aber noch nie als Obdachloser. Der ist vielleicht auf eure Hilfe angewiesen. Da habt ihr mal ne Aufgabe. Mal was Neues für euch. Und nicht immer nur hier am Schachfeld rumhängen."

***

Magnus König, sonst immer entschlussfreudig und zielorientiert, war von einem Moment auf den anderen nicht mehr Herr seiner Entschlussfreudigkeit, schon gar nicht seiner Gefühle. Der Vorschlag dieses Obdachlosen, wie war doch gleich sein Spitzname?, hatte ihn wie ein Pfeil aus dem Nichts getroffen. Nicht verletzt, aber geschockt. Er sollte als ein auf der Straße Lebender in „Klausur" gehen, um über sein bisheriges Leben nachzudenken? Er sollte sich Konto nennen? Er sollte auf alle Bequemlichkeit verzichten? Er sollte…? Und das alles nur, weil er Schachspielen lernen wollte? War das nicht zu starker Tobak? Wo blieb da die Verhältnismäßigkeit?

Andererseits hatte er bisher immer einmal gesetzte Ziele erreicht und wollte sie auch heute noch erreichen. Aber war das der Preis dafür? Zwar nicht in barer Münze, aber in der Umkrempelung seiner gewohnten Lebensumstände?

Immer noch unschlüssig, machte er sich erst einmal auf den Weg zur Stadtbibliothek. Natürlich war der Bibliothekarin die *Weizenkorn-Legende* bekannt und sie konnte helfen. Sie fand ohne größere Mühe den dazu bekanntesten Text. Und mit einer Kopie in der Tasche steuerte Magnus König seine Penthousewohnung an, um bei einem Glas *Bordeaux* endlich Herr seiner Gefühle zu werden. Er wollte die *Weizenkorn-Legende* studieren und über alles noch einmal in Ruhe nachdenken. Aber auch nach dem Lesen der Legende war er immer noch unschlüssig.

Was hatte er denn in seinem bisherigen Leben falsch gemacht, dass ein Obdachloser ihm diese Entscheidung abverlangt? Eine Entscheidung, die sein ganzes Leben für einige Zeit umkrempeln würde und sein „Ich" für immer umkrempeln könnte? Gut – der Zeitraum war sicher überschaubar und wenn er wollte, könnte er jederzeit aus diesem „Deal" aussteigen. Aber was würde dann mit seinem Ego passieren?

Noch einmal vertiefte er sich in den Text der *Weizenkorn-Legende*. War er auch ein so gnadenloser Egoist gewesen wie dieser indische Herrscher? Traf die Legende in gewisser Weise auch auf ihn zu? Gewiss, er hatte die Spielregeln bestimmt. Er hatte Konkurrenten aus dem Feld geräumt. Er hatte in Indien und Thailand billig produzieren lassen. Viele Näherinnen und Kinder hatten für ihn das Geld verdient. Aber hatte er ihnen damit nicht Arbeit und Brot verschafft? Waren sie nicht aufeinander angewiesen? Würde er ein anderer Mensch nach seiner Zeit als Obdachloser sein?

Noch hatte er keine Antwort.

Seine erste Frau hatte beim Abschied gesagt, dass Geld nicht alles ist. Vielleicht hatte sie ja Recht. Sollte er es ausprobieren? Spät in der Nacht öffnete er eine weitere Flasche *Bordeaux* und griff nach der *Schachnovelle*. Bevor er sie noch einmal las, wog er sie wie ein schweres Pfund in der Hand.

Alea iacta est – der Würfel ist gefallen. Das soll schon Julius Caesar gesagt haben.

Und mit diesem Ausspruch des römischen Kaisers im Hinterkopf fasste auch er einen, für ihn nicht einfachen, aber endgültig weitreichenden Entschluss. Er würde auf diesen „Deal" eingehen. Schach ist nicht nur ein Spiel, Schach hat eine Seele, stand als Widmung in dem Schachbuch von, ach ja, diesem Botwinnik. So war doch wohl sein Spitzname? Das musste er ausprobieren, um jeden Preis. Koste es, was es wolle. *Alea iacta est* – der Würfel ist gefallen. Sein Würfel war heute Nacht auch gefallen."

Am nächsten Morgen war er schon sehr früh im Stadtpark. Bevor er das Schachfeld erreichte, musste er erst einmal zwei großen Hundekackehaufen ausweichen. Die Hundehalter waren noch früher dagewesen als er.

Von den „Herren das Platzes" war noch niemand zu sehen. Die Schachfiguren standen regelrecht auf dem Feld. Er hätte das

Spiel eröffnen können. Aber wie? Nachdenklich betrachtete er die zweiunddreißig Steine. Doch sein Entschluss stand fest. Es gab kein Zurück mehr.

Nach und nach trudelten die „Herren des Platzes" ein. Rudi kam als Letzter. Hamlet und Knallgas, die schon etwa zehn Minuten vor Botwinnik aufgekreuzt waren, hatten Magnus König begrüßt, aber nicht weiter gefragt. Knallgas hatte sich, um die Wartezeit zu überbrücken, schon mal eine Zigarette angesteckt und auch Magnus König eine angeboten, der aber dankend ablehnte. Und Hamlet tat so, als ginge ihn die ganze Sache nichts an. Ganz Schauspieler. Dabei war er innerlich voller Ungeduld und hatte vor lauter Aufregung heute Morgen sogar die kalte Dusche vergessen.

Bevor Rudi von den Anwesenden überhaupt Notiz nahm, entsorgte er die Hundekackehaufen in einem der Abfallkübel. Erst danach wandte er sich mit einem „Guten Morgen" und „Na prima, alle sind da!", an die Runde und mit der Frage „Wie lautet Ihre Antwort?" an Magnus König.

„Ich akzeptiere Ihren Vorschlag. Aber nur unter der von Ihnen zugesagten Bedingung, dass ich jederzeit aussteigen kann. Natürlich ist dann auch Ihr Part beendet."

„Das geht so in Ordnung", war Rudis Antwort. „Und dann sollten wir auch keine Zeit verlieren. Machen wir Nägel mit Köpfen und beginnen gleich mit den Vorbereitungen. Einen Spitznamen, wie er unter uns üblich ist, hatten wir dir ja gestern schon vorgeschlagen. Ich glaube, dass Konto gut zu dir passt, da du mit Banken in der Vergangenheit hinreichend zu tun hattest. Deinen richtigen Namen kannst du für eine Weile vergessen. Der spielt hier am Schachfeld die nächste Zeit keine Rolle."

Und zu Hamlet und Knallgas gewandt: „Na Kumpels, dann wollen wir mal auf euren neuen ‚Weggefährten' anstoßen. Seinen Einstand hat er ja gestern schon gegeben. Das hier geht auf meine Rechnung." Und mit diesen Worten öffnete er vier Bierpullen, die er heute Morgen schon mal vorsorglich im Supermarkt gekauft hatte, nachdem er die leeren von gestern dem Leergutautomaten übereignet und vergeblich auf ein Lächeln der verdammt hübschen Verkäuferin an der Kasse gehofft hatte. Die zwei vom gestrigen Sechserpack, die noch übriggeblieben waren, hatte er sich am Abend, im Nachsinnen über die Tagesereignisse, in aller Ruhe genehmigt.

Und diesmal ließ sich Magnus König nicht lange bitten. Scheinbar hatte er schon ein wenig Übung im „Aus-der-Flasche-trinken", denn ohne dass auch nur ein Tropfen auf seinem Sakko landete, war seine Pulle ruck, zuck leer. Vielleicht wollte er sich aber auch Mut auf das, was nun unweigerlich auf ihn zukam, antrinken.

***

Konto erhob sich im Erdgeschoss des leerstehenden Hauses stöhnend von der Matratze, auf der Rudi schon etliche Jahre gepennt hatte. Ihm taten alle Knochen weh und er dachte wehmütig an sein Wasserbett. Er war gestern am späten Nachmittag hier mit wenigen Habseligkeiten eingezogen. Die halbe Nacht hatte er kein Auge zugemacht. Worauf hatte er sich da nur eingelassen? Ihn fror und war er dann doch eingenickt, träumte er von Ratten und Spinnen. Auch schreckten ihn immer wieder undefinierbare Geräusche auf. Aber es war nur der schadhafte Putz, der von den Wänden rieselte oder in größeren Klumpen herunterfiel. Welcher Teufel hatte ihn geritten, diesen Handel einzugehen?

Nachdem Rudi ihm am Vortag das Haus gezeigt und aufgeschlossen hatte, wollte er beim Anblick seiner neuen Schlafstatt die ganze Geschichte eigentlich rückgängig machen. Natürlich war es als Obdachloser besser, ein Dach, wenn auch ein schadhaftes, über dem Kopf zu haben, als auf einer Parkbank oder im Eingangsbereich eines Warenhauses zu nächtigen. Doch im Schlafsack seines Vorgängers mochte und wollte er nicht schlafen. Aber da er noch nie im Leben das Handtuch geworfen hatte, wenn es Schwierigkeiten gab, musste es auch hier, allen Widrigkeiten zum Trotz, einen Ausweg geben. Und der fand sich letztlich im Fundus der Kleidersammelstelle vom Roten Kreuz. Mit Rudis Hilfe konnte er dort zwei fast neue Wolldecken, ein Kissen mit Bezug und ein

Bettlaken erstehen. Aus seinem Appartement durfte er solcherlei Utensilien nicht mitnehmen. Das verstieß nun mal gegen die Abmachung.

Nachdem das organisiert war, wollte er Rudis alten Schlafsack kurzerhand in einen der Räume im oberen Stockwerk bugsieren. Da lag sowieso allerhand Müll und unbrauchbares Gerümpel rum. Auf ein Stück mehr oder weniger kam es da nun wirklich nicht an. Aber Rudi protestierte. Schließlich war das sein Schlafsack, in dem er nun schon viele Jahre genächtigt hatte und auf den er nicht verzichten wollte. Man konnte ja nie wissen, denn nach Beendigung der *Rochade* brauchte er ihn sicher wieder. Wo sollte er dann einen anderen auftreiben? Also wurde er zusammengerollt und in eine Ecke verfrachtet …

Die Blase drückte und Konto suchte vergebens seine Pantoffeln. Ach ja, die hatte er nicht mitgenommen, als er, in der Reisetasche nur das Notwendigste, sein Appartement verlassen musste. Also die Straßenschuhe. Aber nein. So kam er sich lächerlich vor, im Schlafanzug mit Straßenschuhen an den Füßen. Darum zog er sich erst einmal seine Hose an. Aber das Fehlen der Hauspantoffeln war schließlich das kleinere Übel. Viel schlimmer war, dass es hier keine Toilette gab. Rudi hatte ihm zwar gezeigt, wo er draußen seine morgendliche Notdurft verrichten konnte, ohne ein öffentliches Ärgernis zu erregen. Aber das war ihm mehr als suspekt. Doch gab es überhaupt eine andere Möglichkeit? Fehlanzeige! Es gab hier nun mal kein Klo. Er musste sich wohl oder übel an das Pinkeln im Freien gewöhnen. Also vorwärts.

Er öffnete die Hintertür und blickte sich, obwohl ihn kein Mensch sehen konnte, doch mehrmals vorsichtig um. Erst als er sicher war, dass er keine Zaungäste hatte, pinkelte er auf das immer noch frische Grün an der Rückwand des Hauses. Eine Amsel saß auf dem Dachfirst eines der Nachbarhäuser und flötete in den noch jungen Tag. Zum ersten Mal in seinem Leben wurde ihm dieser melodische Gesang in der morgendlichen Stille bewusst. Das hatte er so noch nie erlebt. Wenn er am Morgen die Balkontür seiner Penthousewohnung öffnete, hörte er trotz der Parknähe nur den Lärm der erwachenden Stadt, denn eine der verkehrsreichen Straßen führte direkt am Park und damit unmittelbar an seiner Wohnung vorbei. Und so lauschte er noch lange, mit dem Pinkeln fertig und schon nicht mehr mit dem Reißverschluss seiner Hose beschäftigt, dem Gesang der Amsel.

Zurück im Haus, zog er sich vollständig an. Noch trug er die Sachen vom Vortag. Auf die Morgentoilette am Wasserfass, auch das hatte Rudi ihm gezeigt, verzichtete er. Bestimmt gab es irgendwo in der Stadt die Möglichkeit, vielleicht in einer der öffentlichen Toiletten, mit sauberem Wasser den Schlaf aus den Augen zu waschen und sich die Zähne zu putzen. So entschloss er sich, erst einmal zu frühstücken. Er wollte schon nach seiner Haushälterin rufen, aber schlagartig wurde ihm bewusst, dass „Das" ja zwecklos war. Sein Ruf wäre ohnehin ungehört verhallt und so musste er notgedrungen auf Champagner, Kaviartoast, Kaffee und Hörnchen verzichten und sich mit einem Butterbrot und einer halben Dose Cola, vom gestrigen Abend noch übrig, zufriedengeben.

Notdürftig gesättigt, machte er sich auf den Weg zum Schachfeld, nicht ohne vorher, wie Rudi ihm eindringlich geraten hatte, die Außentür mit dem Dietrich zu verschließen und sich zu vergewissern, dass ihn keiner dabei beobachtet. Aber niemand nahm Notiz von ihm. Die Luft war rein.

Einige übervolle Müllcontainer standen am Straßenrand. Sie luden förmlich zu einer Inspektion ein, doch er machte keinerlei Anstalten, darin nach Leergut zu wühlen. Hatte er das überhaupt nötig?

Trotzdem er gestern die Straße, die durch dieses Viertel führte, schon gegangen war, musste er nach dem Weg zum Park fragen. Ihn fröstelte in der kühlen Morgenluft, und so steckte er nach der Wegbeschreibung die Hände tief in die Taschen seiner Jacke und beschleunigte seine Schritte, um warm zu werden.

Im Park angekommen, stellte er mit Erstaunen fest, dass auf der Hauptallee keine größeren Hundekackehaufen lagen, denen er ausweichen musste. Lediglich ein paar kleinere Hinterlassenschaften der Vierbeiner zeugten von ihrem morgendlichen Gassi gehen. Dann hatte er auch schon das Schachfeld erreicht. Von den „Herren des Platzes" war noch niemand anwesend, und so setzte er sich mit verschränkten Armen auf eine der Bänke, schlug die Beine übereinander und harrte der Dinge, die da auf sich warten ließen. Geduld – sich in Geduld üben, eine neue Erfahrung. Er sollte es in den nächsten Wochen und Monaten lernen.

***

Rudi rieb sich verschlafen die Augen, als er im Wasserbett erwachte. So tief und traumlos hatte er lange nicht geschlafen. Er wusste nicht, wie spät es war. Eine Armbanduhr besaß er nicht und in der noch ungewohnt fremden Umgebung war ihm das Zeitgefühl verloren gegangen. Als Obdachloser hatte er in den Tag hinein gelebt. Aber nun?

Noch so in Gedanken versunken, entdeckte er neben dem Bett ein Schränkchen mit einer eingebauten Uhr. Die zeigte die achte Stunde. Für ihn war es höchste Zeit, aufzustehen.

Der gestrige Tag war mit Vorbereitungen für den Rollentausch ausgefüllt. Zuerst hatte Rudi Konto erklärt, dass er noch etwas zu erledigen hätte und ihn bei der Gelegenheit mit einem guten Freund bekannt machen möchte. Er war mit seinem Begleiter im Schlepptau bei Yusuf aufgekreuzt, der hatte die versäumte Bartrasur nachgeholt und Rudi wollte seine Schulden bezahlen. Aber Yusuf weigerte sich hartnäckig, Geld anzunehmen.

Dann hatte Rudi Yusuf vom Handel mit Konto und der *Rochade* erzählt und ihn gebeten, wann immer der aufkreuzen sollte, ihm die Haare zu schneiden und sich auch dem unweigerlich nachwachsenden Bart anzunehmen. Yusuf hatte geduldig und erstaunt zugehört, dann aber mit einem von diesen Sprüchen „von wegen guter Mensch", ohne überhaupt Bezahlung ins Spiel zu bringen, sofort zugestimmt.

Dann war der kleine Yusuf in den Laden gestürmt, hatte seinen Vater umarmt und die beiden fremden Männer stumm gemustert. Doch plötzlich musste er den nun bartlosen Rudi erkannt haben, denn er zwinkerte ihm zu und ein Lächeln huschte über sein hübsches Gesicht.

Virginia, die ihrem Sohn mit etwas Abstand in den Laden gefolgt war, blieb in Türnähe stehen und betrachtete stumm die Szenerie. Erst als sich Rudi mit einer Umarmung von Yusuf verabschiedete, trat sie einen Schritt zur Seite und schenkte ihm ebenfalls ein Lächeln. Diesen Mann hatte sie vor zwei Tagen schon einmal gesehen. Hier im Geschäft. Zwar mit Bart. Aber sie war sich sicher. Bestimmt ist das der Obdachlose, von dem Yusuf erzählt hat, dachte sie noch so bei sich. Aber wer ist sein tadellos gekleideter Begleiter? Der war ihr unbekannt. Aber dieses Gesicht? Wo hatte sie das schon mal gesehen? Noch einmal schaute sie in Richtung der beiden. Doch da hatten die Männer den Friseurladen mit einem Gruß auch schon verlassen. Und ohne noch weiter darüber nachzudenken, schenkte sie Yusuf einen zärtlichen Begrüßungskuss.

Nach dem Abstecher in die Passagen des Hauptbahnhofs hatte Rudi Konto zum leerstehenden Haus, das viele Jahre seine Bleibe war und in das nun Konto einziehen sollte, geführt. Rudi hatte ihm erklärt, wo er pennen, seine kleine Notdurft verrichten und sich am Wasserfass waschen kann. Konto hatte nur wenige Fragen gestellt und kaum eine Regung gezeigt. Er schien sich endgültig in sein Schicksal zu fügen. Nur einmal protestierte er. In Rudis altem Schlafsack wollte er nicht schlafen. Der war ihm zu schäbig. Aber mit einem Abstecher zur Kleidersammelstelle vom Roten Kreuz hatten sie eine einvernehmliche Lösung gefunden. Zurück in der Bruchbude hatten sie die Schlafstatt hergerichtet und den alten Schlafsack zusammengerollt. Rudi hatte seinem Begleiter den Dietrich ausgehändigt und ihm gezeigt, wie man damit umgeht und ihm noch einmal eindringlich eingeschärft, vorsichtig beim Verlassen der Bruchbude zu sein.

Dann waren sie auch schon in Richtung Appartementhaus unterwegs. Auf dem Weg dorthin hatte Rudi Mülltonnen und Abfallcontainer nach Pfandflaschen durchsucht und Konto klar gemacht, dass es für Menschen, die auf der Straße leben, manchmal überlebenswichtig ist, diese Behälter nach Pfandgut zu durchwühlen. Er hatte ihm das für Obdachlose wertlose „Duale System" mit dem „Grünen Punkt" erklärt, aber Pfandflaschen, Pfandgläser und Pfanddosen, von vielen Menschen aus Unkenntnis oder Bequemlichkeit einfach weggeworfen, als wertvoll beschrieben. Er hatte ihm auch die Leergutannahme im nahen Supermarkt gezeigt, das auf dem Weg dorthin gefundene Pfandgut gleich in den Automaten gesteckt und den Leergutbon eingelöst. Wie immer hatte er auf ein freundliches Lächeln der hübschen Verkäuferin an der Kasse gehofft, aber heute saß dort eine Kollegin, die er noch nie gesehen hatte. Wahrscheinlich war die neu und erst vor wenigen Tagen eingearbeitet worden. Doch auch die Neue reagierte genauso abweisend, als sie Rudi das bisschen Kleingeld kommentarlos hinschob. Aber als der das Geld seinem Begleiter in die Jackentasche steckte, schien sie doch ein wenig überrascht zu sein und runzelte verwundert die Stirn.

Am Appartementhaus angekommen, wollte Rudi die Außentür öffnen und hatte schon die Hand am Türgriff, als plötzlich wie aus heiterem Himmel ein stiernackiger Sicherheitsbeamter aufkreuzte und ihm unmissverständlich zu verstehen gab, dass er schleunigst zu verschwinden hätte. Erst als Konto dem Mann seinen Begleiter als neuen Hausbewohner vorgestellt hatte, ließ dieser unwillig von Rudi ab, nicht ohne nochmals nachzufragen, ob das mit diesem Penner auch alles seine Richtigkeit hätte.

Konto hatte Rudi erklärt, dass sich die Tür nur dann öffnet, wenn man einen, für jeden Bewohner eigenen, vierstelligen Zifferncode in die sich an der seitlichen Hauswand befindlichen Tastatur eintippt. Die Tastatur und die zur Straße weisende Hauswand hatten Graffitis unlängst mit undefinierbarem Geschmiere „verziert" und dabei die Tasten so verklebt, dass eine Codeeingabe unmöglich war und die Leute nicht in ihre Wohnungen gelangen konnten. Erst ein autorisiertes Schließsystemunternehmen konnte für viel Geld Abhilfe schaffen. Seitdem bezahlten die Besitzer der Appartements einen privaten Sicherheitsdienst, und ein Mitarbeiter dieser Firma bewachte nun rund um die Uhr möglichst diskret den Eingangsbereich. Danach war es zu keinem weiteren Zwischenfall dieser Art gekommen. Aber die Schmierfinken wurden nie ermittelt.

Nachdem Konto sein Geburtsjahr eingetippt und die grüne Okay-Taste betätigt hatte, ließ sich die Eingangstür problemlos öffnen. Rudi hatte ihm dabei über die Schulter geschaut und da er über ein gutes Zahlengedächtnis verfügte, sich den Code sofort eingeprägt.

Kontos Haushälterin traute ihren Augen und Ohren nicht, als ihr über alles geliebter Herr König mit Rudi im Schlepptau das Appartement betrat und versuchte, ihr Rudis Anwesenheit zu erklären. Aber das schien bei Lieselotte Putze vergebliche Liebesmüh. Sie war über Rudis Erscheinen völlig außer sich und so schockiert, dass sie kaum zuhörte. „Ach du meine Güte. Ach du lieber Gott!", jammerte sie rum und war nicht zu beruhigen. Denn so etwas hatte sie in all den Jahren in vorherigen Anstellungen noch nie erlebt. Und erlebt hatte sie schon so einiges.

Da war dieser Regisseur, an den sie sich nur zu gut erinnerte. Der schleppte fast jeden Abend, neben mehreren Flaschen Schampus, eine von diesen jungen Schauspielerinnen an. Die Wohnung sah am Morgen danach wie ein Schlachtfeld aus, und sie brauchte Stunden, um wieder Ordnung zu schaffen. Mit der Lohnzahlung war er ständig im Rückstand und wenn er überhaupt zahlte, dann nur, wenn er wollte. Nach einem halben Jahr hatte sie die Faxen dicke, warf ihm den Haustürschlüssel vor die Füße und kündigte fristlos. Noch immer wartete sie auf ihren letzten Monatslohn, war sich aber fast sicher, davon keinen Pfennig je zu Gesicht zu bekommen.

Oder die steinreiche alte Jungfer, die allein mit dreiundzwanzig Katzen in ihrem Haus am Stadtrand lebte und bei der kein Fenster geöffnet werden durfte aus Angst, einer ihrer vierbeinigen „Stubentiger" könnte die Gunst der Stunde nutzen und in Freiheit eine Maus als Beute mehr schätzen als *Sheba* aus der Dose. Bis eines Tages bei ihr eingebrochen wurde und erstmals ein frischer Wind durchs Haus wehte. Alle Katzen waren durch die offene Balkontür auf leisen Sohlen in den Garten und den nahen Wald entschwunden. Nur Felix, ein schon etwas betagter Kater, von vielen Kämpfen ziemlich ramponiert und auf einem Auge blind, blieb seelenruhig auf der Fensterbank liegen.

Den gestohlenen Schmuck und die nicht unbeträchtliche Summe Bargeld hatte sie verschmerzt, den Verlust ihrer zweiundzwanzig „Schmusetiger" aus Kummer nicht überlebt. Lieselotte Putze musste sich eine neue Anstellung suchen, die sie letztlich bei Herrn König fand. Alle Katzen wurden wieder eingefangen und landeten im Tierheim. Nur Felix hatte Glück im Unglück. Da er nicht ausgebüxt war, hatte sich Frau Putze seiner erbarmt und ihn aus Mitleid zu sich genommen. Aber statt *Sheba* aus der Dose bekam er fortan *Kitekat* aus der Büchse, was er aber seelenruhig über sich ergehen ließ. Er wollte nur seine Ruhe und die fand er auch bei seiner neuen Wirtin.

Denn auch Lieselotte Putze wollte eigentlich, genau wie ihr ruhebedürftiger Felix, ein sorgloses und geregeltes Leben führen. Und das hatte sie mit der Anstellung bei ihrem feinen Herrn König gefunden. Aber mit dem Auftauchen dieses Penners wurde ihr Harmoniebedürfnis von einem Moment auf den anderen auf eine harte Probe und ihr Weltbild nach vielen Arbeitsjahren völlig auf den Kopf gestellt. Ihr über alles geliebter Herr König sollte ein Obdachloser und dieser abgewrackte Penner, den er hier angeschleppt hatte, ihr neuer Chef werden? Was für ein Irrsinn. Und obwohl ihr Dienstherr ihr die Situation noch einmal in aller Ausführlichkeit und die sich daraus auch für sie ergebenden Konsequenzen ruhig, aber bestimmt erklärte, war sie den Tränen nahe. Die etwas einfältige Frau war völlig durcheinander. Was war das doch für eine verrückte Welt? War es nicht schon genug, dass Menschen sich Piercings an allen möglichen und unmöglichen Körperteilen anbringen ließen? Oder ihren ganzen Körper, ja sogar ihren kahl rasierten Schädel, mit diesen unsinnigen Tätowierungen verunstalteten? War man hier irgendwo im Busch bei irgendwelchen Kaffern oder in einem zivilisierten Land? Sie mochte gar nicht weiter darüber nachdenken. Erst kürzlich hatte sie einen jungen Mann gesehen, der mit einem tätowierten Schachfeld auf seiner Glatze seelenruhig durch die Fußgängerpassage spazierte. Den müsste man eigentlich „Schachmatt" setzen, hatte sie noch gedacht.

Und nun wollte ihr sehr geschätzter Herr König von diesem Penner das Schachspielen erlernen und dafür selbst zum Penner werden? Nein, wirklich! Was war das doch für eine verrückte Welt. Aber dann siegte ihr jahrelang anerzogenes Pflichtgefühl, und sie gab sich einen Ruck. Immer noch völlig durcheinander, streifte sie sich Einweghandschuhe über, steckte Rudis abgetragene Klamotten mit spitzen Fingern in einen Müllsack und warf ihn in den Müllschlucker auf der Etage. Nachdem dieser geduscht hatte, reinigte und desinfizierte sie die Duschkabine gründlich und wusch sich danach ausgiebig die Hände, obwohl sie auch diesmal Einweghandschuhe bei der Reinigungsprozedur benutzt hatte. Immer noch ziemlich aufgewühlt, sorgte sie mit viel Raumspray für, nach ihrer Meinung, unbedingt notwendige Frische in der Wohnung, und erst als Rudi nach dem Duschen Sachen aus Kontos Kleiderschrank angezogen hatte, beruhigte sie sich zusehends. Denn als sie nun den ungebetenen Gast zum ersten Mal genauer musterte, dachte sie, dass aus dem Obdachlosen in Herrn Königs Hose, Hemd und Pullover, welch Wunder, wahrhaftig ein Mensch geworden war. Auch die erst kürzlich gekauften und noch ungetragenen Schuhe passten ihm wie angemessen. Welch eine Verwandlung war da mit diesem Typen vor sich gegangen? Nicht zu glauben, was Kleidung doch aus Leuten machen kann.

Auch Rudi kam sich, obwohl in seiner neuen Rolle und der makellosen Kleidung noch etwas unsicher, wie neugeboren vor. Er hatte das warme Wasser auf der Haut und den Duft des Schaumbades so intensiv genossen, dass er minutenlang in Gedanken regungslos unter der Dusche verharrte. Wann hatte er so etwas das letzte Mal derart erlebt? Es war eine Ewigkeit her.

Als Lilli noch lebte, hatten sie sich oft gemeinsam diesem Vergnügen hingegeben. Sie hatten sich gegenseitig eingeseift und wie Schaumgeborene den Augenblick der körperlichen Nähe in zärtlicher Umarmung genossen. Nach Lillis Tod hatte er dieses

Glücksgefühl nie wieder erlebt, geschweige denn als Obdachloser überhaupt warmes Wasser auf seiner Haut gespürt. Nun, unter der Dusche, waren diese Momente der Zweisamkeit urplötzlich wieder lebendig.

Nach Rudis Verwandlung hatten sie sich auf den Weg zu Kontos Hausbank begeben, wo mit Hilfe des hier sehr geschätzten Herrn König ein Girokonto für Rudi eröffnet werden sollte. Doch da gab es ein Problem. Rudi konnte keinen festen Wohnsitz nachweisen. Aber der sehr geschätzte Herr König wischte die berechtigten Bedenken des Bankangestellten mit einer Handbewegung vom Tisch. Er verlangte den Leiter der Filiale zu sprechen. Die Einlagen bei seiner Hausbank waren so enorm und sein mehr als nur geschäftliches Verhältnis zum Filialleiter war so eng, dass er uneingeschränktes Vertrauen genoss. So konnte dieses Hindernis bald aus der Welt geschafft werden. Konto bürgte für Rudi und als dessen Adresse wurde wie selbstverständlich die Wohnungsanschrift von Herrn König akzeptiert. Herr König wies den Bankangestellten dann an, auf dieses Konto einen größeren Geldbetrag zu transferieren, über den Rudi nach Belieben verfügen konnte. Zu guter Letzt wurde auch noch vereinbart, dass der sehr geschätzte Herr König dringend notwendige Bankgeschäfte bis auf Widerruf nur in Beisein des Herrn Rudi Turm tätigen durfte, was selbstverständlich sofort akzeptiert wurde.

Der Mitarbeiter der Bank erklärte Rudi, dass ihm in den nächsten Tagen eine Geldkarte mit PIN-Nummer zugeschickt wird. Dann könne er, unabhängig von der kontoführenden Bankfiliale, Geld an jedem Geldautomaten abheben. Rudi sah Konto bei diesen Hinweisen fragend an. Er hatte früher einmal ein Sparbuch besessen, aber Girokonto, Geldkarte und PIN-Nummer waren für ihn böhmische Dörfer. Zwar hatte er in den Passagen am Hauptbahnhof Menschen beobachtet, die an einem Geldautomaten heimlich die Tastatur betätigten und dann Geld aus dem Automaten bekamen. Aber da Rudi bisher noch nie ein Girokonto besaß, hatte er auch noch nie auf diese Weise Geld abheben können.

Hatte Knallgas nicht andeutungsweise von solchen Automaten gesprochen? Hatte er nicht gesagt, dass die das ihnen anvertraute Geld nicht wert sind? War das nur wieder einer von seinen Sprüchen, die nicht so ernst zu nehmen waren? Oder steckte mehr dahinter? Warum trug der überhaupt den Spitznamen Knallgas? Rudi beschloss, ihn danach zu fragen, weil er nun selbst Geld aus so einem Geldspucker beziehen konnte. Und da Girokonto, Geldkarte und PIN-Nummer bislang Fremdwörter für ihn waren, hatte er Konto auch fragend angesehen. Doch der hatte nur mit den Schultern gezuckt und nicht weiter reagiert. Na ja, dachte Rudi, um sich keine Blöße zu geben. Seis, wie es sei. Zur Not kann ich ja noch mal nachhaken. Man wird schon sehen. Nur keine Panik. Erst mal abwarten, denn vielleicht sind diese Automaten ja wirklich nichts wert. Im Tresor einer Bank ist Geld bestimmt sicherer aufgehoben.

Inzwischen war es später Nachmittag geworden, aber immer noch genügend Zeit, mal am Treff vorbeizuschauen. Hamlet und Knallgas spielten gerade eine letzte Partie. Knallgas im Vorteil, war beim Eintreffen der beiden für einen Moment völlig von den Socken und traute seinen Augen nicht. War das wirklich Botwinnik, der da neben diesem König oder Konto aufkreuzte?

Vor Überraschung stand er wie angewurzelt mit offenem Mund da, und seine eben erst angezündete Zigarette fiel ihm aus dem Mundwinkel. Mann, hatte der sich verändert!

Hamlet dagegen tat völlig teilnahmslos. Er nutzte diesen Moment zu einem Damenangriff, was Knallgas gar nicht mitbekam. Denn der machte im Gegenzug einen entscheidenden Fehler und musste sich letztlich geschlagen geben.

Nach kurzem Disput und der Verabredung für den nächsten Tag verließen die „Herren des Platzes" das Schachfeld. Hamlet in Richtung des geschlossenen Theaters, Knallgas in Richtung Flussufer, Konto in Richtung Bruchbude und Rudi in Richtung Appartementhaus.

Langsam war Ruhe im Park eingekehrt. Nur ein paar Jogger schnauften noch durch die Anlagen, um ihr abendliches Adrenalin abzubauen und ein paar Hunde, von Frauchen oder Herrchen an der Leine geführt, schnüffelten an jedem verfügbaren Baum, um ihr dringendes Geschäft zu erledigen und ihre Duftmarken in den städtischen Anlagen zu hinterlassen.

Als Rudi am Appartementhaus ankam, er hatte zuvor Konto zum leerstehenden Haus begleitet, war kein Sicherheitsbeamter zu sehen. Problemlos ließ sich die Außentür mit dem Code öffnen. Auch der Wohnungsschlüssel passte. Frau Putze hatte schon Feierabend, und Rudi war mit sich und der Welt in einer vorher nie gekannten Luxuswohnung allein. Wohlweislich hatte er noch ein paar Flaschen Bier im bekannten Supermarkt gekauft, und die junge Frau an der Kasse hatte ihm ein bezauberndes Lächeln geschenkt, auf das er schon so lange gewartet hatte. So zufrieden konnte er sich nun einen gemütlichen Abend machen.

Er versuchte, den Fernsehapparat einzuschalten, was ihm erst nach mehreren missglückten Versuchen gelang. Denn das stellte sich komplizierter heraus, als er gedacht hatte. Er musste sich erst einmal mit der Fernbedienung anfreunden. Aber schließlich hatte er es geschafft und es sich mit einer Flasche Bier auf der Couch bequem gemacht. So allmählich gewöhnte er sich an sein neues „Outfit" und sein jetziges Zuhause.

Irgendein Privatsender brachte reißerische Nachrichten, die ihn nicht die Bohne interessierten. Ein anderer Kanal sendete eine Comedy-Show und auf dem Ersten lief ein „Tatort". Aber auch an diesem erlahmte bald sein Interesse. Er schaltete weiter und landete schließlich bei einer bunten Sendung. Doch bevor ihm vor Langeweile und Müdigkeit die Augen zufielen und er auf der Couch eingenickt wäre, hatte er es noch geschafft, den Fernseher auszuschalten und sich in das extra für ihn frisch bezogene Bett zu legen. Dann war er auch schon eingeschlafen…

Und nun stand Rudi, nach seiner ersten Nacht in einem Wasserbett, erneut unter einer warmen Dusche. Aber diesmal nur kurz. Er wollte nicht zu spät am Schachfeld sein.

Frau Putze schaltete und waltete schon in der Küche. Die Anweisungen ihres Herrn König waren eindeutig und wurden von ihr strikt befolgt. So fiel das Frühstück reichhaltig aus, das sie Rudi in der großen Küche und nicht im Esszimmer, wo ihr geliebter Herr König immer frühstückte, zubereitet hatte. Nur auf Champagner hatte sie bewusst verzichtet. Das wäre ja noch schöner, wenn dieser Eindringling auch noch den teuren Schampus zu trinken bekäme. Aber Rudi war gar nicht wild auf dieses Getränk. Er begnügte sich mit dem, was die Haushälterin ihm vorgesetzt hatte. Und nachdem er sich reichlich und mit Genuss Brötchen, Wurst, Käse und Kaffee einverleibt hatte, war er auch schon auf dem Weg zum Park, wo Konto bereits wie selbstverständlich mit übereinander geschlagenen Beinen auf der Bank, die seine Stammbank war, saß und ungeduldig auf „Das", was da kommen sollte, wartete.

***

Hamlet und Knallgas verspäteten sich. Aber da für das heutige Treffen sowieso keine bestimmte Zeit ausgemacht worden war, einigten sich Rudi und Konto, dass sie auf die beiden warten wollten, denn erst dann sollte der praktische Teil des Schachkurses beginnen. Und um die Wartezeit zu überbrücken, erklärte Rudi dem aufmerksam Zuhörenden schon mal das Schachfeld mit seinen abwechselnd angeordneten zweiunddreißig weißen und zweiunddreißig schwarzen Feldern. Er erklärte ihm, dass das Schachbrett mit einem Koordinatensystem, waagerecht mit a bis h und senkrecht mit 1 bis 8, belegt wird. Er erklärte Konto die Figuren, deren Zugregeln und zeigte ihm die Grundstellung. Er erklärte Konto, dass die Dame auf beiden Seiten auf einem Feld ihrer eigenen Farbe steht. Rudi kannte den dafür geltenden lateinischen Ausdruck *regina regit colorem*, die Königin (Dame) bestimmt die Farbe, behielt ihn aber für sich. Er wollte nicht überheblich erscheinen.

Er erläuterte Konto auch die algebraische Notation für die Aufzeichnung der ziehenden Figur, damit Ausgangs- und Zielfeld der einzelnen Züge im Bedarfsfall schriftlich festgehalten werden, was bei großen Schachturnieren, aber weniger für privates Schachspiel, wichtig ist. Mit Hilfe dieser Notation können Schachpartien nachgespielt und rekonstruiert werden. Unwillkürlich dachte Rudi an seine angefangene Partie Donald Byrne – Bobby Fischer, die er nicht zu Ende spielen konnte. Er hatte die nachgespielte Partie notgedrungen abgebrochen und sein Schachbrett nebst Figuren in seinen Rucksack gesteckt, als er Konto in dem leerstehenden Haus einquartiert hatte.

Und eben dieses Schachbrett und die dazugehörigen Figuren hatte Rudi heute Morgen auf der Parkbank am Freilandschachfeld aufgebaut. Es war das erste Mal und eine große Geste an Konto, dass er diese, für ihn unschätzbare Kostbarkeiten, zum Treff mitgenommen hatte.

Inzwischen waren auch Hamlet und Knallgas eingetrudelt. Auch Hamlet hatte sein Schachspiel dabei, das Knallgas ihm im Knast geschenkt hatte. Er wollte sich damit dicke tun und seinen Anteil zum Gelingen der *Rochade* beitragen. Wir wollen sein ein einig Volk von Brüdern … So hatte er es sich jedenfalls im Stillen ausgemalt. Umso erstaunter war er, dass schon ein Brett mit aufgebauten Figuren auf der Parkbank stand und damit seine Überraschung null und nichtig wurde.

Er hatte gar nicht gewusst, dass Rudi ein Schachspiel besaß. Oder hatte vielleicht dieser König, ach ja Konto, Brett und Figuren mitgebracht? Aber dann wären die bestimmt edel und nicht so schäbig. Vielleicht aus Perlmutt oder Elfenbein geschnitzt, gekauft für einen horrenden Preis bei einem Antiquitätenhändler? Nein, das hier konnte nur Rudi gehören. Aber der hatte nie davon gesprochen. Also ließ Hamlet sein Brett in einer dieser schwarzen Plastiktüten mit einer stilisierten Brezel und der goldenen Aufschrift:

„Handwerk hat goldenen Boden
und ich die besten Brötchen.
Otto Brezel, Bäckermeister ihres Vertrauens."

Stattdessen zauberte er aus einer anderen Tüte, mit gleicher Brezel und gleicher Aufschrift, einen schon etwas zerbeulten Pappkarton zutage. Der enthielt einen halben Streuselkuchen, den er aus dem

Restecontainer von eben diesem Bäcker seines Vertrauens mitgebracht hatte. Und da auch Knallgas einige Flaschen Bier zu dieser Überraschung beisteuern konnte, war er wieder mit sich und der Welt im Reinen. Rudi verzichtete auf Streuselkuchen. Er hatte fürstlich gefrühstückt und war satt. Aber auf das Bier verzichtete er nicht. Ein Bier geht immer, dachte er. Egal wann, wo und wie. Dagegen ließen es sich Hamlet und Knallgas schmecken und erstaunlicherweise griff auch Konto munter zu. Das letzte Stück spülte er mit einem Schluck Bier aus der Flasche runter. Getreu dem Motto, auch ein halbvoller Magen scheint ein guter Koch zu sein, lernte Konto scheinbar schnell. Er schien schon nach wenigen Stunden in seiner neuen Rolle begriffen zu haben, dass man zugreifen muss, wenn etwas verfügbar ist, um nicht das Nachsehen zu haben. Denn wer zu spät zu den Leckereien vom Bäcker des Vertrauens zugreift, den bestraft bekanntlich nicht nur ein schon verputzter Streuselkuchen, sondern dem knurrt auch schnell der Magen.

Die theoretische Einweisung war beendet, die Bierflaschen leer und die letzten Streusel an die Spatzen verfüttert. Der praktische Schachkurs konnte beginnen.

Nicht ohne Hintergedanken machte Rudi den Vorschlag, dass Konto seine erste Partie gegen Knallgas spielen sollte. Er würde ihm dabei helfend zur Seite stehen. Rudi wusste aus eigener Erfahrung, dass Knallgas risikofreudiger als Hamlet spielt und eventuell dabei Fehler macht, die Erfolgserlebnisse für Konto sein könnten. Anfänger verlieren schon mal früh die Lust am Spiel, wenn sie keinen Erfolg haben. Das wollte Rudi auf jeden Fall verhindern.

Aber zuvor hatte er sein Brett nebst Steinen verstaut. Zu kostbar waren ihm diese letzten Habseligkeiten aus besseren Jahren. Sie fanden ihren Platz wieder neben dem Schachbuch in seinem Rucksack.

Knallgas musste die Partie beginnen, da Konto bei der Auslosung den schwarzen Bauern gezogen hatte. Rudi wollte Knallgas noch einschärfen, beim Spiel keine Rücksicht auf den Anfänger zu nehmen. Er würde notfalls eingreifen und Konto Zug um Zug beraten. Aber Knallgas kam ihm zuvor und verklickerte Rudi, dass er es ihnen nicht leicht machen würde. Sie sollten schon merken, dass er ein guter Schachspieler war. Und so nahm er auch keine Rücksicht auf den Anfänger und ging schon nach den ersten Zügen voll zum Angriff über.

Rudi griff zwar ab und zu ein, aber nur, wenn Konto entscheidende Fehler machte. Dann korrigierte er. Er beriet Konto auch, wenn der unschlüssig war, welche Figur er setzen sollte oder ob es besser wäre, so oder so zu ziehen. Doch meistens ließ er ihm freie Hand. Er merkte schnell, dass Konto kein Dummer war und sicher bald ein guter Spieler werden würde. Aber bis dahin lag noch eine gute Strecke des Weges vor ihm. Das würde noch eine ganze Weile dauern.

Durch die vielen Unterbrechungen zog sich das Spiel natürlich länger hin als gewöhnlich. Aber die Zeit verging wie im Flug. So kam es jedenfalls Konto vor, der sehr angespannt und voll konzentriert bei der Sache war. Er dachte noch, dass er sich für das erste Mal ganz wacker schlug und schon eine Menge begriffen hatte, als Knallgas ihn „Schachmatt" setzte. Aber na ja, wenn schon. Das war doch völlig normal, und er gratulierte seinem Schachpartner. Ja, er reichte ihm sogar die Hand, obwohl er bislang jeden Körperkontakt mit den Obdachlosen vermieden hatte.

Zu seinem Erstaunen stellte er fest, dass es schon früher Nachmittag war. Rudi bescheinigte ihm noch, dass er sich als Anfänger gar nicht so dumm angestellt hätte, und damit waren der erste Tag am Schachfeld im Park und seine erste Lehrstunde Geschichte.

Konto wollte nicht länger als nötig neben den anderen Obdachlosen auf der Parkbank sitzen. Darum verabschiedete er sich von Hamlet und Knallgas, bedankte sich bei Rudi, und da er absolut keine Sehnsucht nach der Matratze in der Bruchbude verspürte, streifte er ziellos durch die Stadt. Noch unterschied er sich nicht von den übrigen Passanten, aber ständig beschlich ihn so ein komisches Gefühl, schief angesehen zu werden. Warum eigentlich? Er trug doch saubere und legere Kleidung. Und dass er in einer Bruchbude kampierte, konnte keiner der geschäftig Hin- und Hereilenden wissen. Aber auch wenn er „Es" nicht aufkommen lassen wollte. Das komische Gefühl hielt sich hartnäckig.

Da er noch einen größeren Geldschein und ein wenig Kleingeld besaß und der Supermarkt am Weg lag, kaufte er Käse, Wurst und Brot und eine Flasche Rotwein. Auch eine Flasche Wasser zum Zähneputzen. Diese Prozedur dauerte eine ganze Weile, denn er hatte keine Übung beim Einkaufen und irrte orientierungslos zwischen den Regalen umher, bis er das System verstanden hatte, die Kunden auf ihrem Weg durch den Markt bis hin zur Kasse wieder und wieder an Regalen vorbeizuleiten, um sie erneut zum Zugreifen zu animieren. Mehrere Kinder nervten ihre Mütter mit immer neuen Wünschen nach Überraschungseiern, Schokolade oder anderen Süßigkeiten. Und wenn dann die entnervten Mütter die schon heimlich in den Einkaufwagen geschmuggelten Wunschobjekte wieder in die Regale zurücklegten, gab es manche Träne und sogar bockige Reaktionen.

Supermarkt und Selbstversorgung waren neu für Konto. Immer hatte seine Haushälterin eingekauft. Doch dann hatte er es endlich geschafft und mit einer Plastiktüte in der einen und dem Kassenzettel in der anderen Hand verließ er den Markt, mit einem freundlichen Lächeln der verdammt hübschen Verkäuferin an der Kasse verabschiedet.

Inzwischen war es Abend geworden und an der Zeit, die Schlafstatt aufzusuchen. Also lenkte er notgedrungen seine Schritte Richtung Bleibe. Und diesmal fand er problemlos in das Viertel und erreichte wenig später das leerstehende Haus.

Als er sich auf der Matratze zum Abendbrot niederließ, stellte er erfreut fest, dass die Weinflasche, entgegen den Bordeauxweinen in seinem Weinschrank im Penthouse, einen Schraubverschluss und keinen Korken hatte. Das Öffnen der Flasche wäre wohl zum Problem geworden. Er hatte keinen Korkenzieher eingepackt. Einfach in der Aufregung vergessen.

Champagner wurde von Napoleons Offizieren – und zu bestimmten Anlässen auch heute noch – schon mal mit einem Säbel geöffnet. Aber wie war an Rotwein in einer Flasche mit Korken, ohne Korkenzieher, zu kommen? Das hatte er bisher noch nicht probiert. Wollte er also auf sein geliebtes Getränk nicht verzichten, müsste er bis auf Weiteres wohl oder übel zu Flaschen mit Schraubverschluss greifen.

Und um für einen kurzen Moment die wehmütigen Gedanken an seine Bordeauxweine mit Naturkorken, die fast rituelle Handhabung eines Korkenziehers und das bedächtige Einschenken des Rebensaftes in ein stilvolles Weinglas zu verscheuchen, nahm er erst einmal einen großen Schluck aus der Pulle mit Schraubverschluss, bevor er sich daranmachte, seinen Hunger zu stillen und die Mitbringsel aus dem Supermarkt zu verzehren.

***

Nach dem Rollentausch waren aus Tagen Wochen, aus Wochen Monate geworden. Magnus König, alias *„Konto"*, hatte erfahren müssen, was es heißt, am Rande der Gesellschaft zu leben. Er hatte lernen müssen, von wohltätigen Spenden zu leben und den Bon eines Pfandflaschenautomaten gegen preiswerte Lebensmittel einzutauschen. Nur wenn er wirklich mal überhaupt kein Geld hatte, half Rudi mit kleineren Beträgen aus. Aber das nur im äußersten Notfall. Und dann musste Konto notgedrungen auf Rotwein verzichten. Er hatte sich in sein „Schicksal" gefügt. Was blieb ihm auch weiter übrig, wollte er nicht aufgeben? Hatte er jemals in seinem Leben die Flinte ins Korn geworfen, wenn es Schwierigkeiten gab? Hatte er je klein beigegeben, wenn es zu seinem Nachteil war? Das war gegen sein Naturell. Er war immer ein Kämpfer, wenn auch manchmal ein skrupelloser. Und dieser lateinische Ausspruch, *tempus vincit omnia* – die Zeit besiegt alles, der ihn eines nachts auf der unbequemen Matratze nicht schlafen ließ, galt definitiv nicht für ihn. Er wollte die Zeit besiegen. Nicht sie sollte die Oberhand über ihn gewinnen.

Seine Kleidung war inzwischen schäbig und äußerlich unterschied er sich nicht mehr von seinen „Leidensbrüdern" am Schachfeld. Ein Bart war ihm gewachsen und die Haare waren außer Form. In seinem normalen Leben hatte er sich täglich rasiert und einmal die Woche einen Friseur aufgesucht. Aber das war, wie ihm schien, schon eine Ewigkeit her. Hatte er sich mit seiner Situation abgefunden? Nach außen hin hatte es jedenfalls den Anschein. Doch der Schein trog. Und Zweifel blieben. Aber aufgeben? Nie und nimmer.

Aber etwas hatte die *Rochade* schon bewirkt. Nicht nur, dass Schach ihn begeisterte, denn er hatte inzwischen das Spiel verinnerlicht. Er hatte auch viel Zeit zum Nachdenken gehabt, Zeit zur Selbstfindung. Der Trip, auf dem er sich gerade befand, kam ihm langsam wie eine Wanderung zu sich selbst vor. Das musste er sich, allen Widrigkeiten zum Trotz, eingestehen.

Die Tage am Schachfeld verliefen immer nach dem gleichen Schema. Man traf sich, die unverhofft „wie vom Himmel gefallenen" Biere und Backwaren würden brüderlich geteilt, man spielte Schach, wobei Konto wohlgemeinte Ratschläge beherzigte und eigene Ideen in die Tat umsetzte.

Natürlich gab es dabei manchen Spaß auf seine Kosten, wenn er Fehler machte. Aber das störte ihn nicht und sein Selbstbewusstsein nahm davon keinen Schaden. Er hatte in letzter Zeit große Fortschritte gemacht und schon einige Male gegen Knallgas und Hamlet gewonnen. Nur Rudi konnte er, trotz aller Bemühungen, noch nicht „Schachmatt" setzen, obwohl er schon einige Male ganz nah dran war. Also hieß es für ihn üben, üben und nochmals üben. Denn mit einem Sieg über Rudi könnte er sein jetziges Dasein beenden und wieder zu seinem normalen Leben zurückkehren.

Aber der heutige Tag verlief nicht so wie sonst üblich. Zwar hatte Knallgas irgendwo Bier und Zigaretten aufgetrieben, jedem eine Pulle in die Hand gedrückt und einen Glimmstängel nach dem anderen geraucht, Hamlet Kuchenreste vom Bäcker seines Vertrauens spendiert und Konto eine Partie Schach gegen Rudi begonnen, die sich nach der unverhofften Stärkung mit Kuchen und Bier und auch wegen Kontos geschickter Spielweise in die Länge zog, als plötzlich die „Idylle" empfindlich gestört wurde.

Zwei Streifenpolizisten, für Recht und Ordnung im Park verantwortlich, hatten einen längeren Disput mit den „Herren des Platzes". Die Beamten waren neu und zum ersten Mal zum

Streifendienst im Park eingeteilt. Darum kannten sie die Männer und die am Schachfeld herrschenden Gepflogenheiten noch nicht. Aber da der Platz sauber und niemand betrunken war, kein Müll und keine leeren Pullen herumlagen und es auch sonst keine Auffälligkeiten gab, zogen sie wieder ab und setzten ihren Streifengang fort. Rudi hatte ihnen ruhig, aber bestimmt klar gemacht, dass hier am Schachfeld alles friedlich und geregelt zugeht, keiner rumbrüllt und keine Spaziergänger belästigt werden. Aber er hatte sie auch noch so ganz nebenbei darauf hingewiesen, dass sie sich lieber um die Hundehalter und die Hinterlassenschaft ihrer Vierbeiner kümmern sollten, als friedliebende Schachspieler zu kontrollieren.

Natürlich war er in seiner noblen Kleidung der Außenseiter in dieser Männerrunde. Darum hatte er auch die Diskussion mit den Ordnungshütern geführt, immer darauf bedacht, eine Konfrontation zu vermeiden. So langsam konnte man den Eindruck gewinnen, dass er sich an seine neue Rolle gewöhnt hatte. Früher eher wortkarg, wirkte er in letzter Zeit, besonders Hamlet fiel das auf, ziemlich aufgeschlossen, Ja, für sein Naturell, geradezu redselig.

Auch Frau Putze schien sich an den fremden Gast, den Eindringling, wie sie Rudi im Stillen nannte und nicht mehr Penner, gewöhnt zu haben. Inzwischen wurde er von ihr mit Respekt und nicht wie ein Aussätziger behandelt. Und wenn sie gelegentlich besorgt nach ihrem geliebten Herrn König fragte, erhielt sie zu ihrer Freude und Beruhigung einen längeren Bericht, war aber auch zufrieden, wenn Rudi sie nur mit einem „Alles in Ordnung!" abspeiste.

Die zweite Unterbrechung an diesem Tag provozierten zwei Glatzköpfe in Panzerjacken und Lederstiefeln. Die beschimpften die Obdachlosen in unflätiger Weise, wobei Worte wie Schmeißfliegen, Hurensöhne und Abschaum fielen. Auch rechtsradikale Parolen und Sätze wie „So was hätte man früher vergast" mischten sich darunter.

Rudi hatte alle Hände voll zu tun, eine Schlägerei zu verhindern, was nur seiner Autorität und seinem couragierten Auftreten zu verdanken war. Knallgas war kaum zu bremsen. „Aber keine

Gewalt!" Das machte Rudi ihm unmissverständlich klar. „Wem wäre mit einer Prügelei geholfen?"

Die Polizisten, die für Ordnung hätten sorgen können, waren nicht mehr zu sehen. Und zahlreiche Passanten, die neugierig gaffend stehengeblieben waren, griffen nicht ein. Letztlich gelang es Rudi, alles unter Kontrolle zu bringen, und die Störenfriede zogen krakeelend ab.

Konto, total geschockt und unschlüssig, wie er reagieren sollte, hatte sich während dieser unschönen Szene vorerst still in eine Ecke des Schachfeldplatzes verzogen. Erst nachdem die brenzlige Situation bereinigt war, atmete er erleichtert auf und dankte Rudi für sein beherztes und engagiertes Eingreifen. Aber Knallgas war immer noch schwer und nur durch das Inhalieren vom Rauch mehrerer Zigaretten zu beruhigen. Nur Hamlet tat anfangs so, als ginge ihn das Ganze nichts an, stieg dann aber, als der Spuk vorbei war, auf eine Bank und rezitierte mit Pathos sehr treffend:

„Sein oder Nichtsein, das ist hier die Frage.
Obs edler im Gemüt, die Pfeil und Schleudern,
Des wütenden Geschicks erdulden oder,
Sich waffnend gegen eine See von Plagen
Durch Widerstand sie enden?"

Auf Hamlets letzte Worte *„Und der Rest ist Schweigen"* hatte er bewusst verzichtet.

Keiner machte, wie sonst meist bei Hamlets Ausbrüchen dieser Art, eine flapsige Bemerkung, und Konto spendete sogar spontan Beifall. Er kannte den Monolog des Prinzen von Dänemark, dritter Akt, erste Szene aus Shakespeares Drama *Hamlet*. Und er dachte noch, dass man über diese Worte nachdenken sollte und dass der Spitzname dieses verkrachten Schauspielers, der da auf der Bank stand, nicht treffender hätte sein können. Es dauerte eine ganze Weile, bis wieder Ruhe am Schachfeld eingekehrt war. Aber noch immer unter dem Eindruck dieser unschönen Szene, blieb die Stimmung auf dem Nullpunkt. Alle wirkten wie gelähmt.

Rudi und Konto verspürten keine Lust, das zwangsweise unterbrochene Spiel fortzusetzen. Keiner in der Runde unterbrach das Schweigen. Nur Knallgas brummelte in seinen nicht vorhandenen Bart: „Lumpenpack! Diese Idioten müsste man für immer aus dem Verkehr ziehen."

Konto war immer noch zutiefst betroffen. Bisher war ihm der Rechtsruck in der Gesellschaft nicht bewusst. In den Kreisen, in denen er verkehrt hatte, war davon kaum die Rede. Da ging es um Börsennachrichten, Aktienkurse, Steuern und Profit. Nur in den Fernsehnachrichten wurde hin und wieder über Aufmärsche von Rechten berichtet. Ihn hatten diese Meldungen nur am Rande interessiert. Er hatte sie als Bagatelle abgetan und auch über entsprechende Zeitungsartikel einfach hinweggelesen. Doch heute erlebte er diese Auswüchse hautnah und er dachte: Das alles gab es doch schon einmal. Dagegen muss was unternommen werden. Aber was? Sicher war Zivilcourage, wie von Rudi vorgelebt, ein Mittel. Aber auch die Politik war gefragt, oder? Was um alles in der Welt war zu tun?

Immer noch in Gedanken und unter dem Eindruck des soeben Erlebten, sinnierte Konto so vor sich hin. Ihm klangen die Worte der Rechten nachhaltig in den Ohren: „So was hätte man früher…" und nachdenklich strich er sich über Haare und Bart. Ziemlich vernachlässigt, resümierte er, um auf andere Gedanken zu kommen. Bislang hatte er auf sein Äußeres immer großen Wert gelegt. Doch in den vergangenen Wochen hatte er die eitle Seite seiner Persönlichkeit stark vernachlässigt. Ließ er sich gehen? War er, allein schon wegen seines Aussehens, auch mit „So was" gemeint? Er musste was dagegen tun.

Sicher wären erst einmal eine Rasur und ein Haarschnitt angebracht. Rudi hatte ihn doch seinerzeit mit diesem Friseur bekannt gemacht. Mit dem Türken, der seinen Laden in den Passagen am Hauptbahnhof hat. Der hatte sofort zugestimmt, ihn, wenn gewünscht, wieder etwas menschlicher aussehen zu lassen. Er könnte Rudi ja mal fragen, ob das Angebot noch stand. Aber sich von einem Türken Haare schneiden und rasieren lassen? Bisher hatte er Einwanderern immer skeptisch gegenübergestanden. Aber der Türke war freundlich. Und er war sofort bereit, zu helfen, als Rudi die Bitte nach Rasur und Haarschnitt für ihn geäußert hatte. Ein anderer Friseur würde ihn in seinem jetzigen „Outfit" unweigerlich aus dem Geschäft komplimentieren. Also wird er Rudi wohl oder übel bitten müssen, ihn zu diesem türkischen Haarschneider zu begleiten. Wie hieß der doch gleich noch mal? Ibrahim, Mustafa? Ach egal. Hauptsache wieder ein wenig menschlicher um Kopf und Kinn. Sein bisschen Kleingeld wird schon reichen. Rudi war anfangs nicht bereit, Konto zu Yusuf zu begleiten. Der sollte sein Vorhaben mal ganz allein in die Tat umsetzen. Das war so abgemacht. Er hatte seinerzeit die Weichen gestellt. Nun musste Konto zusehen, wie er zurechtkommt. Das gehörte nun mal zur *Rochade* dazu. Und Yusuf war nicht das Problem. Aber Konto ließ nicht locker, und nach langem hin und her gab Rudi endlich nach und begleitete Konto zu Yusuf, der sich sogleich ans Werk machte, da er gerade keinen weiteren Kunden hatte. Er spendierte auch Kaffee, natürlich Filter, wie schon seit geraumer Zeit.

Auch Yusuf zeigte sich bestürzt bei dem Bericht über die Provokation am Schachfeld und gestand, dass er auch Angst vor solchen rechten Schlägern hat. Geld wollte er keins, als er mit der Verschönerungsprozedur fertig war und sagte beim Verabschieden: „Is doch klar. Neuer Kunde, erste Mal Haare schneiden kostenlos oder Rabatt. Heute kostenlos. Is gut für Geschäft. Und Rudi mein Freund und Freund von Rudi auch mein Freund. Yusuf Haarabschneider, nix Halsabschneider." Und zu Konto: „Du schon gewonnen gegen Schachexperten Botwinnik? Noch nicht? Fleißig üben. Wird Zeit, du wieder normales Leben. Und Rudi dann vielleicht auch? Ich wünsche. Und wenn du wieder in alte Leben, du kannst bezahlen. Jetzt kleines Geschenk von Yusuf. Und bitte, stark sein gegen Rechte. Nix gut, diese Typen."

Das „kleine Geschenk" von Yusuf nahm Konto dankend an. Im Moment war nicht nur an der Börse Ebbe, die Aktienkurse waren im Keller, sondern auch in seiner Geldbörse. Aber durch den kostenlosen Haarschnitt war unverhofft eine Flasche Rotwein drin.

Als Yusuf die beiden verabschiedete, betrat gerade sein Freund Ibrahim das Geschäft. Der begrüßte Yusuf herzlich mit einem Kuss auf beide Wangen, um dann den beiden Männern, die sich nach Rasur und Haarschnitt nur noch durch ihre Kleidung unterschieden, mit stummem Blick nachdenklich hinterherzuschauen, als die den Laden verließen. „Yusuf?"

„Alles in Ordnung, Ibrahim. Yusuf helfen."

Am Nachmittag kreisten Kontos Gedanken noch immer um den Zwischenfall am Schachfeld. „Was wäre passiert, hätte Rudi nicht kühlen Kopf bewahrt und wäre so beherzt eingeschritten? Sicher wäre die Situation eskaliert. Sollte er sich künftig nicht auch gegen Fremdenfeindlichkeit, für Toleranz und Rechtstaatlichkeit engagieren?

Das Abendbrot fiel spartanisch aus. Er war noch von Hamlets spendierten Kuchenresten und dem Freibier von Knallgas einigermaßen satt. Überhaupt hatte er sich daran gewöhnt, unregelmäßig zu essen. Er hatte abgenommen und musste den Gürtel, im wahrsten Sinne des Wortes, enger schnallen. Auch an die Nächte in seiner Bleibe hatte er sich gewöhnt. Nur noch gelegentlich schreckten ihn Geräusche auf, die er nicht zuordnen konnte, und die harte Matratze verursachte Kreuzschmerzen. Kein Wunder, dass er dann wehmütig an seine Penthousewohnung und sein Wasserbett dachte und sich nur mit Mühe mit der Wirklichkeit abfinden konnte. Aber er musste darauf verzichten, wollte er nicht aufgeben. Er hatte diese Wirklichkeit zwar so nicht gewollt, aber letztlich akzeptiert. Basta!

Am nächsten Morgen, auf dem Weg zum Schachfeld, hatte er den Spuk vom Vortag schon fast vergessen, als er von einer Gruppe Jugendlicher angepöbelt wurde. Aber an diese Art von Anmache war er mittlerweile gewöhnt. Nicht nur auf der Straße, auch im Supermarkt hatte er das schon mehrmals erlebt. Beinahe wie entschuldigend dachte er so bei sich: Kein Wunder bei seinem Äußeren. Kleider machen eben Leute. Außerdem scheinen die Kerle nicht viel Grips in der Birne zu haben. Die wissen nicht, was sie tun. Ihr Verhalten sollte man nicht überbewerten. Sicher

Kraftmeierei, um sich vor ihren Kumpels zu brüsten. Und Obdachlose sind nun mal die Schwächsten der Gesellschaft. An denen lässt manch braver Bürger schon mal seinen Frust aus. Und diese Art von Pöbeleien sind ja meist harmlos gegen das, was sich da gestern im Stadtpark abgespielt hatte.

„Schert euch zum Teufel. Denkt mal über euer Verhalten nach", rief er ihnen noch nach, bevor er in die Hauptallee einbog. Aber aller Harmlosigkeit zum Trotz. Unvermittelt wurde er wieder an das gestern Erlebte erinnert und er nahm sich vor, künftig etwas dagegen zu tun.

Im Stadtpark wurde er schon von den anwesenden „Herren des Platzes" erwartet. Knallgas und Hamlet „beglückwünschten" ihn zu seiner Verschönerung um Kopf und Kinn und wollten wissen, wo er das Geld dafür aufgetrieben hat. Er sei schon lange mal dran, einen auszugeben. Wer Geld für den Friseur hat, hat auch Geld für Bier, ihre Logik. Doch da stießen sie heute bei Konto auf taube Ohren. Der war im Nachhinein froh über den kostenlosen Haarschnitt und freute sich auf die dadurch gewonnene Flasche Rotwein. Trotz alledem hoffte er auf bessere Zeiten und nahm sich vor, vom nächsten „Gewinn" auch wieder mal ein Sechserpack zu spendieren. Er konnte doch nicht immer nur nassauern.

***

Der Tag am Schachfeld, ein Tag wie so viele in den letzten Wochen, verlief diesmal ohne nennenswerte Zwischenfälle. Doch als Konto am frühen Abend sein „Domizil" erreichte und die Hintertür aufsperren wollte, war diese nur angelehnt und ließ sich ohne Dietrich öffnen. Hatte er beim Verlassen der Unterkunft die Tür nicht verschlossen? Er war sich nicht sicher. Aber eigentlich war es ihm jetzt auch egal und nun sowieso nicht mehr zu ändern. Inzwischen nahm er viele Dinge gelassen und mit einer gewissen Gleichgültigkeit hin. Jedenfalls machte er sich keine weiteren Gedanken. Umso größer war seine Überraschung und er traute seinen Augen nicht, als er den Schlafraum betrat. Auf der Matratze saß ein etwa kaum fünfzehn Lenze zählender Teenager, der ihn wie erstarrt und mit großen Augen ängstlich anblickte. Der war hier also eingedrungen und darum war die Tür offen. Aber wie hatte er das Haus entdeckt? War er beim Verlassen seiner Unterkunft unvorsichtig gewesen? Wie war der Junge hier reingekommen? Hatte er vergessen, zuzusperren? Oder hatte der etwa auch einen Dietrich? Und, was zum Teufel, wollte der eigentlich hier?

Noch immer schaute ihn der Junge ängstlich, aber auch irgendwie bittend an. Und genau so plötzlich, wie der Ärger in Konto hochgekommen war, verschwand er auch wieder. Er setzte sich neben den Jungen, legte einen Arm um die schmächtigen Schultern und forderte ihn auf: „Na, dann erzähl mal!" Und ob dieser väterlichen Geste fiel plötzlich alle Angst von dem Jungen ab und er begann, erst leise und stockend, dann aber wie befreit zu berichten, was ihn in dieses Haus geführt hatte. „Er heiße Maik und sei vor etwa einer Woche von zu Hause ausgerissen. Er habe es dort nicht mehr ausgehalten. Auch die Schule habe er seitdem geschwänzt. Der Lebenspartner seiner Mutter, ein Säufer und gewaltbereiter Mensch, sei ständig betrunken und habe im Suff seine Mutter und ihn mehrmals verprügelt. Auch seine jüngere Schwester habe ständig unter diesen Gewaltausbrüchen zu leiden. Dass Mutter und Schwester diese Ausbrüche von Gewalt stumm ertrugen, könne er nicht begreifen. Er jedenfalls wolle das nicht länger ertragen. Und auch sein Klassenlehrer zeigte kein Verständnis, als er ihn um Hilfe bat. In der Schule sei er fast jeden Tag gemobbt worden. Hilf dir selbst. Sei kein Schwächling und schlag zurück. Im späteren Leben musst du dich auch durchsetzen. Da hilft dir auch keiner. Ich halt mich da raus, war seine lapidare Antwort So sei er von zu Hause ausgerissen, habe die Schule geschwänzt und war auf der Straße gelandet. Dort habe er versucht, sich irgendwie durchzuschlagen. Und bei seinem Streifzug durch dieses Viertel habe er das Haus entdeckt, dass ihm als Versteck einfach ideal erschien. Die Tür war nur eingeklinkt, und so war er problemlos reingekommen. Hier könne er sich vor der Polizei verstecken. Auf keinen Fall wolle er nach Hause zurück oder durch das Jugendamt in ein Heim gesteckt werden. Familie bedeute für ihn Gewalt. Jugendheim bedeute für ihn Knast. Schule bedeute für ihn Erniedrigung. Lieber Hunger als Schläge. Lieber kein Dach über dem Kopf als Mobbing. Lieber ein Leben auf der Straße als eingesperrt zu sein." Und nach Fassung ringend versuchte er, die Tränen zurückzuhalten.

Konto hatte, immer noch den Arm um die Schulter des Jungen, schweigend zugehört. Und so in Gedanken über das soeben gehörte, überlegte er nicht lange: „Heute bleibst du erst einmal hier. Du kannst da in dem Schlafsack schlafen, der dort in der Ecke liegt. Morgen werden wir weitersehen. Es gibt bestimmt einen Ausweg und Hilfe für dich. Ich kenne da jemanden, der dir helfen kann und ganz sicher auch helfen wird. Verlass dich auf mich. Wir finden eine Lösung."

Und nach diesen ernst gemeinten Worten wurde der Junge zusehends ruhiger. „Ich habe Hunger und Durst. Ich habe seit zwei Tagen kaum gegessen und nur Wasser getrunken. Hast du was für mich zu beißen? Eine Pizza und eine Cola wären schon okay." Der Junge sah Konto bittend an.

„Na, dann wollen wir mal sehen, was gegen Hunger und Durst zu machen ist. Das hier ist zwar kein Luxushotel und das Wenige sollte eigentlich für mich sein, wird aber bestimmt für uns beide reichen. Aber Cola habe ich nicht, nur Wasser und eine Flasche Rotwein. Das Wasser für dich, den Wein für mich. Wein darfst du noch nicht trinken. Denk an den Trinker, vor dem du ausgerissen bist. Du willst doch nicht schon früh damit anfangen und auch so werden wie er, oder? Und Pizza ist hier ein Fremdwort. Hast du einen Steinofen gesehen?"

Nach diesen Worten förderte Konto aus seiner Plastiktüte Brot, Wurst und Käse zutage, vor einer Stunde im Supermarkt ohne ein Lächeln der bildhübschen Verkäuferin an der Kasse gekauft, und teilte mit dem Jungen, der seine Ration gierig verschlang. Auch die Flasche Wasser, eigentlich Kontos Zahnputzwasser, hatte er ruck, zuck ausgetrunken.

Konto hatte sich inzwischen mit dem Rotwein beschäftigt. Aber, warum zum Teufel, hatte diese Flasche keinen Schraubverschluss?

Hatte er nach der falschen im Supermarkt gegriffen? Hatte er nicht darauf geachtet, eine Rotweinflasche mit Schraubverschluss zu nehmen? Warum in Teufels Namen? Ach ja, richtig! Jemand hatte ihn angepöbelt und dadurch war er abgelenkt worden. Nun hatte er den Salat, denn da es in diesem „Haushalt" keinen Korkenzieher gab, kam er nicht an den Inhalt der Flasche. Doch da half Maik. „Zeig mal her. Ich habe da mal bei dem Typ von Säufer gesehen, wie der einfach den Korken in die Flasche gedrückt hat. Das machen gelernte Trinker so, wenn sie kein Werkzeug haben. Auch Bierflaschen kann der mit den Zähnen aufmachen. Da ist so ein Korken für ihn noch eine der leichtesten Übungen. Das nächste Mal nimm eine Flasche mit Schraubverschluss. Dann hast du das Problem nicht noch einmal", riet er noch Konto.

Und nach kurzem Druck auf den Korken schwamm dieser auch schon im Wein. Erstaunlich, denn entweder besaß der schmächtige Maik ungeahnte Kräfte oder der Korken saß nicht so fest. Vielleicht gab es aber auch einen Trick. Noch nie hatte Konto eine Flasche so geöffnet oder es bei anderen gesehen. Jedenfalls konnte er nun schon mal einen kräftigen Schluck nehmen.

Inzwischen hatte Maik den Schlafsack neben die Matratze geschleppt, ihn entrollt und war mit den Worten „danke für das fürstliche Abendbrot" reingekrochen, ohne noch weitere Worte zu verlieren. Dann war er auch schon eingeschlafen.

Konto saß noch eine ganze Weile auf seiner Schlafstatt, die inzwischen halbleere Rotweinflasche neben sich auf dem Fußboden, das Kinn auf eine Hand gestützt und betrachtete nachdenklich den schlafenden Jungen. Er hätte sein Sohn sein können und zum ersten Mal in seinem Leben kam so etwas wie Wehmut in ihm auf und er bereute, keine eigenen Kinder zu haben.

Am nächsten Morgen, einem Sonntag, stellte Konto überrascht fest, dass er viel ruhiger geschlafen hatte. Bestimmt lag das daran, dass er die Nacht in dieser Bruchbude nicht allein verbringen musste. Maik war schon wach, lag auf dem Rücken, die Hände unter dem Kopf verschränkt und starrte an die schadhafte Decke. Was mochte wohl so in ihm vorgehen?

Nach dem morgendlichen Pinkeln in trauter Zweisamkeit an der Hausecke mit dem immer noch grünen Rasen und dem spartanischen Frühstück von den Resten des gestrigen Abendbrots machten sie sich auf den Weg zum Treff. Noch beim Pinkeln hatte Konto an so manche Tagung in einem der Luxushotels gedacht, wenn er zu solchen Anlässen als Teilnehmer oder Gastredner eingeladen war und die männlichen Anwesenden in den Tagungspausen in Gruppen auf die Toilette und an die Pinkelbecken eilten und dort, in Reih und Glied stehend, ihr Wasser abschlugen. Aber den Gedanken hatte er schnell wieder verworfen. Er war hier, weiß Gott nicht, in einem Luxushotel, eine „Keramikausstellung" gab es auch nicht und schon gar nicht die üblichen Tagungsteilnehmer. Stattdessen eine Bruchbude, spärlich grünen Rasen und die Gruppe der Pinkelgänger bestand nur aus dem Jungen und ihm.

Das Zähneputzen fiel aus. Das dafür vorgesehene Wasser hatte Maik am gestrigen Abend ausgetrunken. Und mit Rotwein hatte Konto es bisher nicht versucht. Auf den Gedanken war er noch nicht gekommen, obwohl noch ein Rest davon in der Flasche war. Glaubte man einschlägigen Wildwest-Filmen, soll es ja Westernhelden gegeben haben, die nach einer wüsten Schießerei am Tag, einer Pokerrunde im Saloon am Abend und einer Nacht im Bett eines Animiermädchens Mund und Rachen am Morgen reichlich mit Whisky gespült haben. Warum also nicht auch mal die Zähne mit Rotwein putzen? Wäre doch mal was Neues! Aber Rotwein war momentan knapp, und Konto trank ihn lieber, als sich damit die Zähne zu putzen.

Rudi traute seinen Augen nicht, als Konto mit dem Jungen im Schlepptau am Treff ankam. Was ging hier vor? Lief da was aus dem Ruder? Aber als Konto ihm die näheren Umstände kurz und knapp erklärte, war auch er sofort bereit, dem Jungen zu helfen. Denn das war zweifelsfrei eine Situation, wo unbedingt geholfen werden musste. Was war zu tun? Auf keinen Fall sollte Maik weiter auf der Straße leben. Und er musste wieder zur Schule gehen. Aber nicht in die, wo er keine Hilfe erfahren hatte. Darüber waren sich alle bald einig. Besser wäre ein Wechsel. Aber wie sollte das passieren? Zuerst müsste man mit der Mutter und ihrem Lebenspartner reden. Und dann auch mit dem Direktor der Schule. Und das möglichst sofort.

Es schien, als sei an diesem Tag an einen weiteren Schachkurs nicht zu denken. Der sollte wegen der dringend notwendigen Hilfe für Maik erst einmal verschoben werden. Denn für den Jungen musste wieder Normalität einkehren.

Doch das erwies sich anfangs schwieriger als gedacht und bedurfte großer Überredungskunst. Auf keinen Fall wollte Maik zu diesem versoffenen Lebenspartner seiner Mutter zurück. Noch immer schmerzten die unfreiwillig erduldeten Züchtigungen. Nicht nur auf der Haut, sondern vor allem auf der Seele. Erst als Rudi und Konto sich anboten, ohne ihn mit seiner Mutter und dem Mann zu reden, der an die Stelle seines leiblichen Vaters getreten war, willigte er zwar anfangs zögerlich ein, um sich dann aber wieder mit Händen und Füßen dagegen zu sträuben. Also nahmen Rudi und Konto ihn trotz Protest einfach in die Mitte und machten ihm nochmals unmissverständlich klar, dass das der einzige Weg war, um zu einer einvernehmlichen Lösung zu kommen. Erst nach diesen eindringlichen Worten war seine Gegenwehr endgültig erlahmt, und er führte die beiden zu dem Haus, das bislang noch sein Zuhause war. Sicher dachte er dabei auch an seine Mutter, die sich sicher Sorgen über sein Verschwinden gemacht hatte und der er weiteren Kummer ersparen wollte. Während seiner Flucht in die, wie er es nannte, selbst gewählte Freiheit, hatte er sich nicht getraut, ihr ein Lebenszeichen zu geben. Er musste befürchten und wollte vermeiden, diesem Kerl in die Arme zu laufen und verprügelt zu werden. Diese Angst vor weiteren Prügeln war auch einer seiner Beweggründe, Rudi und Konto noch einmal zu bitten, ohne ihn mit seiner Mutter und dem „Schluckspecht" zu reden. Er wollte vor dem Haus warten und seine Entscheidung, in die Familie zurückzukehren, von diesem Gespräch abhängig machen.

Vor dem Plattenbau spielten lärmende Kinder auf einem ziemlich ramponierten Spielplatz mit zum Teil baufälligen Gerüsten.

Und um die Wartezeit zu überbrücken, setzte Maik sich auf eine Bank, etwas abseits von einer gemischten Frauengruppe, die ihre herumtollenden Kinder nicht aus den Augen ließen. Beim Beobachten der ausgelassenen Schar dachte er an seine eigene Kindheit: Auf diesem Platz hatte auch er einmal unbeschwert herumgetobt. Viele der Frauen trugen Kopftücher, was auf eine große Anzahl von Türken in diesem Wohnblock schließen ließ. Hier lebten scheinbar die Familien friedlich nebeneinander ohne Ansehen der Herkunft und der Religion.

Beide Männer klingelten an der Wohnungstür im dritten Stock. Ein etwa sieben bis achtjähriges Mädchen öffnete ihnen. Verstört schaute die Kleine die beiden Fremden an, stürzte davon und rief nach ihrer Mutter. Hinter dem Mädchen tauchte eine Frau auf, die ihre besten Jahre schon hinter sich zu haben schien und wohl gerade erst ihre Morgentoilette beendet hatte, denn sie trug noch einen Morgenrock um ihren vollschlanken Körper.

„Was wollen Sie?" Die Frau reagierte ziemlich unwirsch beim Anblick der beiden Männer. „Guten Tag und entschuldigen Sie, dass wir sie behelligen." Konto hatte geflissentlich die patzige Frage überhört und kam sofort auf den Punkt. „Sind Sie Maiks Mutter? Und ist Ihr Lebenspartner auch zugegen? Wir müssen mit Ihnen reden."

Als der Name Maik fiel, zeigten sich auf dem Gesicht der Frau Spuren von Überraschung, Angst und Verwunderung, aber auch von Abwehr. „Was ist mit Maik? Sind Sie von der Polizei oder vom Jugendamt? Hat er was ausgefressen? Mein Partner ist nicht zu Hause. Ich weiß nicht, wann er kommt. Und ob er heute überhaupt noch kommt. Was wollen Sie eigentlich?"

Jetzt war Rudi an der Reihe. „Wir sind weder von der Polizei noch vom Jugendamt. Aber wir sind davon überzeugt, dass Maik, wenn er denn Ihr Sohn ist, dringend Hilfe braucht."

„Wo ist er? Was ist mit ihm? Ich habe ihn seit gut einer Woche nicht gesehen und bei der Polizei schon eine Vermisstenanzeige aufgegeben. Geht es ihm gut? Ich habe große Angst, dass ihm etwas zugestoßen sein könnte. Reden sie doch endlich." Die Frau hatte inzwischen ihre feindselige Abwehrhaltung aufgegeben und wirkte sehr besorgt.

„Maik geht es gut, das können wir Ihnen versichern. Und wir werden alles dafür tun, dass das auch zukünftig so bleibt. Wir kommen morgen Vormittag wieder. Dann ist hoffentlich Ihr Lebenspartner zugegen. Richten Sie ihm das aus, wenn er kommt. Wir möchten mit Ihnen beiden, wie schon gesagt, über Ihren Sohn reden. Er hat eine schwere Woche hinter sich und ist ziemlich frustriert und enttäuscht über das, was ihm angetan wurde. Darum ist er auch von zu Hause ausgerissen und hat die Schule geschwänzt. Nur durch Zufall, den man durchaus glücklich nennen kann, sind wir ihm begegnet. Und nun wollen wir ihm helfen, wieder festen Boden unter die Füße zu bekommen. Sagen Sie das auch Ihrem Partner. Also dann – und nicht vergessen. Morgen gegen zehn Uhr."

Spontan drehte er sich, schon auf halber Treppe, auf dem Absatz seiner neuen Schuhe nach Konto um. Der war, nach Rudis zweitlängste Rede nach Jahren, nicht mehr zu Wort gekommen. Aber er dachte noch so bei sich, dass ja erst einmal alles gesagt war und er es nicht besser hätte sagen können. Und so verließ auch er die Wohnung und folgte Rudi wortlos.

„So warten Sie doch!" Maiks Mutter stand noch immer in der Wohnungstür, die Kleine, die inzwischen zurückgekommen war, an der Hand, und ihre Stimme klang nun doch sehr verängstigt. Aber Rudi und Konto waren schon auf dem Weg nach unten. Der Ruf der Frau verhallte unbeachtet.

Auf dem Spielplatz wurden sie schon ungeduldig von Maik erwartet. „Na, wie ist es gelaufen? Hat meine Mutter geweint? Hat ‚Er' getobt? War sie sehr verängstigt? Will ‚Er' mir den Hals umdrehen, wenn er mich erwischt? Haben Sie auch meine Schwester gesehen? Geht es ihr gut?" Die Fragen sprudelten nur so aus dem Jungen heraus.

„Wenn du mit ‚Er' den Lebenspartner deiner Mutter meinst – der war nicht da. Deine Schwester hat uns die Tür geöffnet. Und deine Mutter schien etwas irritiert über unseren Besuch zu sein, was sicher nachvollziehbar ist. Wir haben ihr gesagt, dass es dir gut geht und dass wir uns um dich kümmern. Wir haben ihr gesagt, dass wir morgen noch einmal wiederkommen werden. Sei sicher, es gibt für alles eine Lösung. Und nun komm, wir wollen hier nicht länger rumhängen. Das Schachfeld im Park wartet. Vielleicht kannst du ja auch gleich noch was lernen. Oder spielst du schon Schach?" Rudi hatte nach diesen Worten Maik den Arm um die Schulter gelegt und, ohne seine Antwort abzuwarten, ihn sanft in Richtung Ausgang Spielplatz geschoben.

Noch immer tobten Kinder auf dem Platz, noch immer saßen ihre Mütter mit und ohne Kopftuch in reger Unterhaltung auf den Bänken. Nichts hatte sich in der letzten halben Stunde verändert. Hier schien die Zeit stillzustehen. Erst als sie die Straße erreichten, gestand Maik: „Ich kann nicht Schach spielen. Aber vielleicht kann ich es ja lernen?"

Wieder am Treff angekommen waren sich alle einig, dass der Junge auch die nächste Nacht bei Konto verbringen sollte. So hatte er ein Dach über dem Kopf und die Gesellschaft eines Erwachsenen. Und Konto sollte das, was er schon über Schach wusste, an den Jungen weitergeben. Nicht ohne Hintergedanken hatte Rudi diesen Vorschlag gemacht. Er wollte einerseits damit erreichen, dass Konto sein bisher erworbenes Wissen dem Jungen vermittelt und nicht aus Egoismus für sich behielt. Ihm aber andererseits eine Lektion im Umgang mit heranwachsenden Jugendlichen erteilen. Auch Hamlet und Knallgas fanden den Vorschlag passabel und waren der gleichen Meinung und boten sich ebenfalls spontan an, zu helfen.

Hamlet machte sich sofort auf den Weg zum geschlossenen Stadttheater, das noch immer seine Bleibe war, um sein Schachspiel zu holen, das Knallgas ihm zum Abschied geschenkt hatte, als sich für ihn die Gefängnistore auf dem Weg in die Freiheit öffneten. Damit könnten Konto und Maik üben, so sein Gedanke.

Knallgas besorgte inzwischen mehreren Pullen Bier und eine Cola, die er gönnerhaft verteilte, als Hamlet mit dem Schachspiel, das nun doch noch zum Einsatz kam, wieder aufkreuzte und auch noch Brötchen und Kuchenreste vom Bäcker seines Vertrauens aus einer Plastiktüte mit dem bekannten Aufdruck zauberte. Trotzdem man mit dem eigentlichen Vorhaben, den Jungen wieder in seine Familie zu integrieren, noch keinen Schritt weitergekommen war, schien der Tag mit Bier, Cola und Kuchenresten noch ein glückliches Ende zu nehmen.

Eine Partie Schach wurde an diesem Tag auch noch gespielt. Von Knallgas schnell mit den Regeln vertraut gemacht und hin und wieder auf Sinn und Zweck einzelner Aktionen hingewiesen, konnte Maik interessiert und aufmerksam verfolgen, wie Konto seinen Lehrmeister mehrmals ganz schön in Schwierigkeiten brachte, letztlich aber doch „Schachmatt" gesetzt wurde. Aber Rudi geizte nicht mit Lob. Konto hatte enorme Fortschritte gemacht.

Am nächsten Tag, nach einer zweiten Nacht in der Bruchbude, saß Maik erneut auf der Bank am Spielplatz vor dem Wohnblock. Wieder das gleiche Bild wie am Vortag. Spielende Kinder und Frauen mit und ohne Kopftuch auf den Bänken. Es war kurz nach zehn, als die beiden Männer erneut an der Wohnungstür im dritten Stock des Mietshauses klingelten.

Als sich die Tür öffnete, erschien im Türrahmen ein bärtiger Mann, allem Anschein nach der Lebenspartner der Mutter. Er war nur mit Turnhemd und Jogginghose bekleidet, die Füße steckten in Badelatschen, die Haare trug er kurz geschoren und hatte schon zu früher Stunde eine Alkoholfahne. Er schien auf das Kommen der beiden vorbereitet zu sein, denn er forderte die Ankömmlinge barsch auf, näher zu treten. Im Rücken des Mannes tauchte Maiks Mutter auf, diesmal nicht im Morgenmantel. Sonst schien niemand in der Wohnung zu sein. Seine Schwester war bestimmt in der Schule.

„Sie wissen sicher schon, warum wir kommen?" Konto hatte sich an den Mann gewandt, nachdem dieser die beiden Besucher nicht gerade freundlich zum Platznehmen aufgefordert hatte.

„Ja", war die lapidare Antwort. „Sie hat mir erzählt, dass Sie gestern schon mal hier waren." Der Mann wies auf Maiks Mutter, die auf einer Stuhlkante Platz genommen hatte. „Sie wollen mit uns über Maik reden und dass er Hilfe braucht. Und ich sage Ihnen, dass Sie den Weg umsonst gemacht haben. Was gibt es da noch zu reden? Der Bengel soll sich gefälligst nach Hause scheren und nicht auf der Straße rumlungern. Und dann auch noch die Schule schwänzen. Das ist ja wohl das Letzte. Wenn der hier wieder aufkreuzt, kann er was erleben. Und mit solchem Penner wie Sie rede ich schon gar nicht."

„Nun mal sachte." Jetzt ergriff Rudi das Wort und fixierte, etwas vorgebeugt, sein Gegenüber. „Wir sind nicht zum Spaß hier. Das werden Sie sich sicher denken können. Oder sind Sie heute Morgen schon wieder so betrunken, um nicht zu wissen, was hier eigentlich vorgeht? Wir sind gekommen, weil Maik nicht nur unsere, nein, sondern in erster Linie Ihre Hilfe und Unterstützung und die seiner Familie braucht. Die hat er in der Vergangenheit vermisst. Er hat große Angst vor Ihnen. Besonders dann, wenn Sie getrunken haben. Dann sind Sie unberechenbar und verprügeln ihn aus geringem Anlass. In der Schule wird er gemobbt und manchmal auch verprügelt. Haben Sie das gewusst? Aber wahrscheinlich hatte er Angst und kein Vertrauen, sich mit seinen Sorgen an Sie zu wenden. Sogar sein Klassenlehrer wollte ihm nicht helfen. Das hat uns Maik jedenfalls glaubhaft erzählt. Darum ist er von zu Hause ausgerissen und hat die Schule geschwänzt. Und dann sagen Sie noch, er braucht keine Hilfe? Gewiss, er ist gegenwärtig in der Pubertät und damit in einem schwierigen Alter. Aber das ist noch lange kein Grund, ihm körperliche und seelische Gewalt anzutun. Gerade jetzt braucht er Zuwendung und Verständnis. Prügel sind da ja wohl nicht das richtige Rezept. Die Züchtigungen müssen sofort aufhören. Sollten weiterhin Prügel an der Tagesordnung sein, werden wir das Jugendamt einschalten. Jeder Mensch hat Respekt und Achtung verdient. Sei er ein Obdachloser, ein Ausländer oder ein fünfzehnjähriger Teenager. Auch Maik. Das ist doch wohl klar, oder? Er muss von der Straße runter und wieder zur Schule gehen. Also! Genau darüber, wie das zu bewerkstelligen ist, wollen wir mit Ihnen reden und Sie nach Kräften dabei unterstützen."

Rudi hatte geendet, sein Gegenüber noch immer fest im Blick. Der schien inzwischen, ob der Eindringlichkeit der Worte, doch etwas unsicher geworden zu sein. Er war auf seinem Stuhl sitzend in sich zusammengesunken und starrte vor sich hin. Es hatte den Anschein, als habe er gar nicht richtig zugehört und begriffen, was man von ihm wollte. Doch plötzlich gab er sich einen Ruck, den Blick mal auf Rudi mal auf Konto gerichtet, und fragte zögernd: „Und was verlangen Sie von uns?"

„Zuerst muss ein für alle Mal Schluss sein mit der Trinkerei und der häuslichen Gewalt. Gegen ein, zwei Bier am Tag ist ja nichts einzuwenden. Wir trinken auch mal eine Flasche. Manchmal auch zwei oder drei. Das kommt ganz darauf an. Aber es darf nicht so weit ausarten, dass man nicht mehr Herr seiner selbst ist. Noch einmal allen Ernstes. Wenn die Prügelei nicht aufhört, schalten wir das Jugendamt und die Justiz ein. Körperliche und seelische Gewalt gegenüber Minderjährigen sind strafbar und können zur Anzeige gebracht werden." Konto hatte sich spontan in die Auseinandersetzung eingeschaltet und Rudi ergänzte. „Und Sie müssen mit dem Direktor der Schule reden und eine andere Schule für Maik finden."

Bei den Worten „mit dem Direktor reden und eine andere Schule", meldete sich nun auch Maiks Mutter, die bisher geschwiegen hatte, zu Wort. „Daran habe ich auch schon gedacht, und ich bin durchaus dafür, dass er die Schule wechselt. Ich ahnte schon seit einiger Zeit, dass mit Maik und der Schule etwas nicht stimmt. Aber er hat nie darüber gesprochen, und ich habe ihn auch nicht gefragt. Mir fehlte einfach der Mut, mal mit dem Direktor zu reden. Doch gleich morgen werde ich um einen Termin bitten. Bestimmt kann meinem Sohn geholfen werden. Ich möchte nur, dass er wieder nach Hause kommt. Ich war in großer Sorge um ihn. Und Ihnen möchte ich für ihre Hilfe danken." Und auf ihren Lebenspartner deutend, der wieder vor sich hinstarrte, nahm sie all ihren Mut zusammen und holte tief Luft, bevor sie fortfuhr. „Und mit ‚Dem' da bin ich fertig. Ich werde mich von ihm trennen. Er wird diese Wohnung für immer verlassen. Ich hatte schon lange vor, ihn rauszuschmeißen. Doch mir fehlte auch zu diesem Schritt bisher einfach der Mut. Erst durch Maiks plötzliches Verschwinden und Ihr Auftauchen habe ich endlich begriffen, dass das so nicht weitergehen kann. Sagen Sie das bitte meinem Sohn und grüßen Sie ihn von mir. Er ist doch mein Kind und ich hab ihn lieb."

Der Mann, der schweigend zugehört hatte, sprang bei diesen Worten plötzlich von seinem Stuhl auf und stürzte sich auf die Frau, die dem Anschein nach zum ersten Mal in ihrem Leben all ihren Mut zusammengenommen hatte und sich gegen ihre jetzige Situation auflehnte. Und noch bevor irgendjemand überhaupt begriff, was hier passiert, schlug er ihr mit der Faust mitten ins Gesicht. Erst dann gelang es Rudi und Konto, ihn zu überwältigen und die Polizei zu rufen. Das blaue Auge der Frau und die Zeugenaussage der beiden Männer reichten den Beamten für eine Festnahme. Er wurde in Handschellen abgeführt.

Als sich auf der Straße ein Polizeiauto näherte, drehten sich viele der Frauen danach um, und auch Maik hatte von seiner Spielplatzbank aus das vor dem Haus haltende Einsatzfahrzeug und die zwei Beamten, die im Hauseingang verschwanden, gesehen. Als die nach wenigen Minuten mit seinem Peiniger in der Mitte wieder auftauchten, ihn ins Auto bugsierten und davonfuhren, traute er seinen Augen nicht und glaubte zu träumen. Was war da passiert? Nun hielt es ihn nicht mehr auf seinem Platz. Mit großen Sätzen stürmte er die Treppe hoch in den dritten Stock und klingelte Sturm an der Wohnungstür. Seine Mutter, im Gesicht völlig verunstaltet und in Tränen aufgelöst, schloss ihn in die Arme.

Für die beiden Männer gab es hier nichts mehr zu tun. Doch bevor sie sich verabschiedeten, schärften sie Maik noch eindringlich ein, dass er jederzeit mit ihrer Hilfe rechnen könne. Er wüsste ja, wo sie zu finden seien. Und wenn er Schach spielen möchte, er sei jederzeit am Schachfeld im Park herzlich willkommen.

***

Als Rudi am späten Nachmittag den Briefkasten leerte, hielt er eine Einladung von der Industrie- und Handelskammer zu einem Empfang anlässlich eines Jubiläums, ausgestellt auf den Namen Magnus König, in den Händen. Eingeladen waren Unternehmer und Gewerbetreibende, aber auch ehemalige im Ruhestand, ins Hotel „Imperial".

Als Unternehmer hatte Magnus König zu seiner Zeit sehr aktiv als Berater bei dieser Institution mitgearbeitet, aber in den letzten Jahren, da der Vorstand mehrmals wechselte, den Kontakt verloren. Nun hatte der Computer seinen Namen „ausgespuckt", und er war unter den geladenen Gästen. Und Rudi Turm musste ihn vertreten. Da halfen auch keine fadenscheinigen Bedenken. Denn tief in seinem Inneren sträubte er sich dagegen, denn damit hatte er nun gar nicht gerechnet. Aber das war die Abmachung. Er hatte die *Rochade* vorgeschlagen. Er hatte gesagt, dass die *Rochade* total sei, mit allen Konsequenzen. Er durfte und konnte jetzt nicht kneifen und musste in den sauren Apfel beißen, wollte er nicht unglaubwürdig werden. So war es auch nicht verwunderlich, dass Konto auf sein Erscheinen bei dem Empfang bestand. Er wäre garantiert hingegangen. Schon allein, um zu sehen und gesehen zu werden.

Da nun das Unvermeidliche seinen Lauf nahm, bat Rudi Konto um ein paar Verhaltensregeln. Er habe noch nie an einer Veranstaltung dieser Art teilgenommen. Er möchte als Magnus König Konto vertreten und sich auf gar keinen Fall blamieren.

Und Konto half: „Schwarzer Anzug, dezent gestreiftes Hemd und passende Krawatte. Schwarze Schnürschuhe. Das alles findest du im Ankleidezimmer im Kleider- und Schuhschrank. Wird dir passen, die anderen Sachen von mir passen dir ja auch. Die Einladungskarte unbedingt mitnehmen und bei Verlangen vorzeigen, sonst kann es passieren, dass ein übereifriger Portier dich nicht einlässt. Das Namensschild, das dir am Eingang überreicht wird, gehört ans Revers der Anzugjacke. Ja nicht in die Hosentasche stecken. Unbedingt Visitenkarten von Magnus König mitnehmen. Die findest du in der rechten oberen Schublade von meinem

Schreibtisch. Und vergiss nicht, ein sauberes Taschentuch einzustecken. So viel dazu."

„Begrüßt wirst du bestimmt mit einem Glas Sekt. Das ist bei einem ‚Event' dieser Art so üblich. Im Stehen trinken, eventuell anderen Gästen dezent zuprosten. Das leere Glas auf einem der Tische abstellen oder einer vorbeieilenden Bedienung übergeben. Auf keinen Fall nachschenken lassen oder ein Zweites verlangen. Die Sitzordnung an den zumeist runden Tischen ist zwanglos. Platzkärtchen mit den Namen der Geladenen ist eher die Seltenheit. Eventuell sind einzelne Tische für besondere Gäste reserviert." Und nach einer kurzen Denkpause: „Bevor das Essen beginnt, werden bestimmt mehrere Reden gehalten. Nicht nervös werden, denn es gibt Redner, die sich gerne reden hören. Die reden viel und sagen wenig. Auf gar keinen Fall dabei einschlafen, auch wenn es schwerfällt, weil es langweilt. Besser so tun, als ob man interessiert ist. Sollte ein Menü serviert werden, sind die Bestecke in der Reihenfolge der Speisen von außen nach innen zu benutzen. Bei einem Büfett bitte keine Hast und den Teller nicht überladen. Lieber mehrmals das Büffet aufsuchen. Getränke werden von der Bedienung serviert. Statt des angebotenen Weines kannst du auch Bier verlangen. Das Getränk sollte aber zu dem jeweiligen Gericht passen, obwohl man das mit den Getränken zu bestimmten Speisen nicht mehr so genau nimmt. Alles kapiert? Sonst noch Fragen? Wenn nicht jetzt, dann vielleicht später. Sind ja noch ein paar Tage hin, bis zu diesem ‚Event.'"

„‚Event', was ist das eigentlich? Ich wollte dich das schon vorhin fragen, mochte dich aber nicht unterbrechen. Du warst so im Redefluss. Ich habe das Wort noch nie gehört." Rudi schaute Konto erwartungsvoll an. „Das ist aus dem Englischen oder Amerikanischen das neudeutsche Wort für Veranstaltung, manchmal auch Ereignis. Neuerdings gibt es viele Bezeichnungen für deutsche Wörter, die aus dem amerikanischen oder englischen Sprachgebrauch entlehnt sind. Daran musste ich mich auch erst gewöhnen. Aber wenn man so viel wie ich in der Welt rumgekommen ist, hat man das schnell intus. Schon allein in der Computer- und

Informationsbranche gibt es unzählige Beispiele dafür. Ganz zu schweigen von Kommunikation und Handel. Auch das Fernsehen, besonders Privatsender, haben sich weitgehend mit ihren Programmen und der Berichterstattung angepasst. Selbst ich frage mich manchmal schon, ob wir bald die USA und nicht mehr Deutschland sind."

Zum ersten Mal hörte Rudi das, was auch ihn schon seit langem beschäftigte, aus dem Munde eines anderen. Und das ausgerechnet von Konto? Also täuschte auch ihn der Eindruck nicht, dass die deutsche Sprache mehr und mehr von fremden Begriffen und Ersatzwörtern unterwandert wird.

Der Tag des „Events" war gekommen. In den Monaten nach dem Rollentausch musste Rudi schon einige Schwierigkeiten meistern. Aber dies hier war die größte Herausforderung und schwierigste Aufgabe, die er zu bewältigen hatte. Hätte er doch nur ein wenig von Hamlets Schauspieltalent geerbt, denn wie sagt der doch immer? Ach ja! Sein oder Nichtsein …

Wäre er ein besserer Schauspieler, dann würde ihm das Auftreten als ehemaliger Industrieller und jetziger Privatier an diesem Abend sicher leichter fallen. So hatte er doch ein wenig Herzklopfen.

Anzug, Hemd und Schuhe passten. Frau Putze, die er eingeweiht hatte, inzwischen waren sie so etwas wie eine verschworene Gemeinschaft, half ihm bei der Wahl und dem Binden der Krawatte. Denn noch nie, außer bei seiner Hochzeit, hatte Rudi so ein Ding um den Hals. Schmuck sah er aus, als er sich lange im Spiegel betrachtete. Und obwohl Hemdkragen und Binder total unbequem waren und ihm die Luft zum Atmen zu nehmen schienen, war er mit seiner Erscheinung zufrieden.

Haare und Bart hatte Yusuf in Form gebracht. Den Bart hatte Rudi sich vorsorglich wachsen lassen, damit der ihn entstellte und er als Magnus König durchging. Der konnte ja inzwischen auch einen Bart tragen, denn Bärte waren in Mode gekommen. Auf keinen Fall wollte er als der falsche Magnus König erkannt werden.

Der Abend begann ohne Zwischenfälle. Nachdem er seine Einladung vorzeigen musste, bekam er am Einlass ein Namensschild, das er am Revers seiner Jacke befestigte. Er hatte kurz überlegt, ob er es nicht doch lieber in die Tasche stecken sollte, um unerkannt zu bleiben, sich dann aber für das Tragen entschieden, weil alle anwesenden Herren ihr Namensschild trugen.

Als ihm die Bedienung ein Sektglas reichte, sprach ihn unvermittelt ein junger Mann mit Glatze und Dreitagebart an. Entgegen der üblichen Abendgarderobe war er mit Jeans bekleidet und trug unter seinem Sakko ein Shirt mit dem Aufdruck „*Pecunia Non Olet*". Er sei der Geschäftsführer einer Investmentgesellschaft mit enormen Gewinnmargen und möchte wissen, ob er es wirklich mit Magnus König, seinem großen Vorbild, zu tun habe. Schon lange wünsche er dessen Bekanntschaft, denn er habe sein Buch gelesen und sich an ihm und seinen Erfolgen ein Beispiel genommen.

Rudi, anfangs etwas irritiert und überrascht, denn er wusste nichts von diesem Buch, hatte sich aber schnell wieder in der Gewalt. Und mit der Bemerkung, dass das Leben eines Magnus König durchaus nicht geeignet sei, als Vorbild zu gelten, ließ er den jungen Mann, der ihm entgeistert nachschaute, einfach stehen.

Noch so im Weggehen bemerkte er zwei Frauen, die gerade die Lobby betraten. Die jüngere war schlank und trug einen Hosenanzug aus fließendem glänzenden Stoff und eine farblich abgestimmte Bluse, die ältere ein langes Abendkleid mit tief ausgeschnittenem Dekolleté, das ihre wohlgeformte Figur vorteilhaft unterstrich. Sie hatte ebenmäßige Gesichtszüge. Um den Hals trug sie ein Silberkettchen mit einem Bernsteinanhänger.

Als Rudi sein Sektglas geleert hatte und nach einem Platz im Festsaal Ausschau hielt, sah er die zwei Frauen, die scheinbar unschlüssig an einem der runden Tische standen, wieder. Und wie von einem inneren Zwang getrieben, trat er zu ihnen und bat sie, bei ihnen Platz nehmen zu dürfen. Die beiden Frauen schienen sich über diese Bitte zu freuen, denn sie stimmten sofort zu. Er solle sich ruhig zwischen sie setzen. Dann hätte jede von ihnen ihn als Tischherrn. Und ohne seine Antwort abzuwarten, nahm die jüngere links und die ältere rechts neben ihm Platz.

Nun war er doch etwas verwirrt und selbst erstaunt über seinen Mut, sich gerade diesen Tisch auszusuchen, und er brauchte eine Weile, um sich damit abzufinden. Noch nie in all den vergangenen Jahren war er einer Frau, außer in seiner Ehe mit Lilli, so nah gewesen. Nun waren es gleich zwei. Eine zu seiner Rechten und eine zu seiner Linken. Doch er versuchte, möglichst unbefangen mit der Situation, in die er sich ja selbst hineinmanövriert hatte, umzugehen. Zumal er zugegebenermaßen seine Tischnachbarin zur Rechten sympathisch, ja sogar anziehend fand. Und auch sie schien das Gleiche zu empfinden, denn sie reagierte nicht abweisend. Im Gegenteil. Wie zufällig hatte sie seine Hand berührt und ihm, als er sie erstaunt ansah, ein gewinnendes Lächeln geschenkt. Und so war es nicht weiter verwunderlich, dass sich im Verlauf des Abends zwischen ihnen beinahe unmerklich eine gewisse Vertrautheit einstellte.

Als die Bedienung an den Tisch kam und einen Aperitif anbot, bestellten die Frauen Martini, während Rudi, noch ganz Kontos Ratschläge im Ohr, ein Bier verlangte. „Pils oder Weizen?", wollte der Kellner wissen. Und da Rudi noch nie Weizenbier getrunken hatte und kein Risiko eingehen wollte, bestellte er ein Pils. An diese Sorte Bier war er gewöhnt.

Nach und nach füllten sich die Tische mit weiteren Gästen. Zum Glück fielen die obligatorischen Reden kurz aus, und alle schienen froh zu sein, als das Büffet eröffnet wurde. Wieder kam der Kellner und fragte, ob Weiß- oder Rotwein zum Essen gewünscht wird. Aber Rudi blieb beim Bier, was die beiden Frauen bedauerten. Denn der Rotwein sei hervorragend.

Aber er sei nun mal kein Weintrinker, gestand Rudi ihnen. Er wolle lieber bei Bier bleiben.

Als er das reichhaltig gedeckte Büffet aufsuchte, dachte er wieder an Kontos Worte und begnügte sich erst einmal mit einer Vorspeise. Seinen Appetit würde er im Verlaufe des Abends schon noch stillen.

Auch nach dem Essen blieb die Unterhaltung lebhaft, und die ältere der beiden Frauen wollte zu gern wissen, was er so beruflich treibe. Sie sei Versicherungskauffrau und Chefin einer

Generalagentur. Ihre Begleitung, seine Tischdame zur Linken, ihre Büroleiterin.

Allem Anschein nach konnte sie mit einem Magnus König nichts anfangen. Das kam Rudi sehr gelegen. Sonst hätte sie sicher nicht gefragt. Irgendwie hatte er den ganzen Abend schon befürchtet, dass diese Frage irgendwann mal kommen musste. Ja, er hatte sie förmlich erwartet. Na denn. Wie dem auch sei. Nun war sie da. Und obwohl er darauf vorbereitet war, fiel ihm die Notlüge nicht leicht. Aber da musste er durch. „Ich habe ein so genanntes Ein-Mann-Unternehmen. Zu mir kommen Menschen, die meinen, in ihrem Leben etwas Wichtiges verpasst zu haben. Die lernen bei mir, Dinge des Lebens, die sie beschäftigen und von denen sie eine Antwort erwarten, in einem anderen Licht zu sehen, um daraus für sich persönlich Schlussfolgerungen ziehen zu können. Man könnte es neudeutsch „personal coaching" nennen. Doch das nur im Allgemeinen. Im Besonderen erteile ich Schachunterricht, „Learning by Doing". Aber nicht nur einfachen Unterricht und Hilfe beim Erlernen des Schachspiels, sondern auch um den Lernenden den tieferen Sinn dieses Spiels zu vermitteln. Aber ich kann nur beraten. Was der Unterwiesene dann daraus macht, ist ganz allein seine Entscheidung."

Um kompetent zu erscheinen, hatte Rudi sich diese englischen Begriffe, im Fernsehen und somit im allgemeinen Sprachgebrauch mittlerweile üblich, schon mal vorsorglich eingeprägt.

Seine Tischdame zur Rechten hatte aufmerksam zugehört und als ihre Frage beantwortet war, bat sie um seine Visitenkarte. „Ich möchte Sie gern anrufen, um ein Treffen zu vereinbaren", sagte sie. „Ich beschäftige mich schon lange mit dem Gedanken, das Schachspielen zu erlernen. Diese fixe Idee spukt schon seit einiger Zeit in meinem Kopf herum. Die möchte ich gern verwirklichen, wusste aber bis heute nicht wie und wo. Vielleicht fehlte mir dazu bisher auch der richtige Partner. Darüber möchte ich mich mit Ihnen gern unterhalten. Sie können mir doch sicher helfen, oder?"

Jetzt wurde die Angelegenheit für Rudi peinlich. Inzwischen hatte er schon einige Biere getrunken. Er musste aufpassen, keinen

Fehler zu machen. Seine wahre Identität nicht preisgeben. Doch er fand seine Tischnachbarin sehr anziehend. Er konnte einfach nicht Nein sagen. Zu sehr nahm ihn ihre Gegenwart und ihre liebenswürdige Art gefangen. Und so überreichte er ihr eine der Visitenkarten, die er auf Kontos Rat hin eingesteckt hatte.

„Entschuldigung! Ich habe mich noch gar nicht vorgestellt, fällt mir gerade ein. Ich konnte mein Namenskärtchen nicht anstecken. Das Abendkleid, wissen sie. Ich heiße Angelika Engel. Und obwohl es noch früh am Abend ist, müssen wir uns jetzt leider verabschieden, was ich sehr bedaure. Aber unser Taxi wartet. Hätte ich gewusst, dass der Abend so interessant verlaufen würde, hätte ich das Taxi später bestellt. Ich rufe Sie an. Versprochen. Und mit dem Schachlernen ist es mir ernst. Herzlichen Dank für Ihre Gesellschaft heute Abend", ergänzte sie noch beim Abschied. „Begleiten Sie uns zum Taxi? Das wäre sehr nett."

Verdammt! Da hab ich nun den Salat, dachte Rudi. Wie soll ich aus diesem Dilemma rauskommen? Ich muss nach dem Rollentausch erneut auf der Straße leben. Was zum Teufel ist mit mir los? Welcher Teufel hat mich da geritten? Was ist mit meinen Gefühlen passiert? Warum habe ich ihr keinen Korb gegeben? Liegt das etwa an der *Rochade*, an meiner jetzigen Situation? War es Feigheit oder will ich diese Frau wirklich wiedersehen? Trotz aller Zweifel konnte er ihr auch diese Bitte einfach nicht abschlagen und begleitete seine Tischnachbarinnen zum Ausgang, wo bereits das Taxi wartete.

Auf dem Nachhauseweg machte er noch einen Umweg durch den Stadtpark zum Schachfeld, um sich abzulenken und einen klaren Kopf zu bekommen, was aber keinen Erfolg brachte. Und selbst in dem noch so bequemen Wasserbett konnte er an diesem Abend lange nicht einschlafen. Er fand einfach keinen Ausweg aus dieser vertrackten Situation, in die er sich selbst gebracht hatte.

Am nächsten Tag erzählte er Konto, der natürlich neugierig war und sehr gespannt zuhörte, dass der gestrige Abend im Großen und Ganzen reibungslos verlaufen wäre. Natürlich erwähnte er die Begegnung mit dem jungen Mann, sein Erstaunen über das von Konto verfasste Buch und die Antwort, die er dem

Möchtegern-Unternehmer gegeben hatte. Doch von Konto dazu kein Kommentar. Den interessierte das nicht. Der wollte nur wissen, ob er wichtige Leute aus Politik und Wirtschaft getroffen hatte. Als Rudi von der Begegnung mit den zwei Frauen anfangen wollte, machte er erst einmal eine Pause. Sollte er das überhaupt erzählen? Wäre es nicht besser, das für sich zu behalten? Was gingen Konto seine Gefühle an? Aber dann, was solls. Erst mal ein Bier. Er hatte einmal zu Konto gesagt, dass es sich beim Bier leichter redet. Und das hatte er gestern Abend nach seinem Bierkonsum auch gemerkt. Also genehmigte er sich ein Pils und erst als die Flasche leer war, erzählte er Konto von den beiden Frauen und dass er diese Angelika Engel, die am gestrigen Abend seine Tischnachbarin war, von ihrem Vorhaben, ihn mit der Bitte um einen Termin anzurufen, nicht abbringen konnte. Ja – es gar nicht einmal versucht hatte.

„Angelika Engel?" Jetzt war Konto wieder ganz Ohr. „Der Name sagt mir was. Ich glaube, sie ist die Inhaberin einer großen Versicherungsagentur mit mehreren Mitarbeitern. Ich kenne sie nicht persönlich, habe aber gehört, dass sie nach dem Tod ihres Mannes die Agentur übernommen hat. Es war da auch mal so eine Notiz in den Wirtschaftsnachrichten der Lokalpresse", erwiderte Konto. „Und wenn ich dir einen wohlgemeinten Rat geben darf. Nimm den Termin wahr und mach *tabula rasa*-reinen Tisch. Schenk ihr reinen Wein ein und erzähl ihr alles. Dann wirst du sehen, wie sie darauf reagiert. Meinen Segen hast du. Nur eine Bitte. Treffen auf neutralem Terrain. Nicht in meinem Appartement."

Tatsächlich klingelte zwei Tage später, Rudi war gerade beim Abendbrot, das Frau Putze ihm zubereitet und hingestellt hatte, das Telefon. „Hallo? Angelika Engel hier", meldete sich die Teilnehmerin am anderen Ende der Leitung. Rudi konnte gerade noch rechtzeitig, „König, Magnus König", sagen. Beinahe wäre ihm Rudi Turm rausgerutscht.

„Ich hatte versprochen, anzurufen. Wann treffen wir uns?" Gar nicht typisch Versicherungsfrau, denn sie kam sofort auf den Punkt.

„Ich kenne da eine gemütliche Kneipe in der Altstadt. Sie heißt „Schachmatt". Kennen Sie das Lokal? Wenn nicht, Sie finden es leicht." Sie wartete seine Antwort gar nicht erst ab und redete ohne Unterbrechung weiter. „Sagen wir morgen Abend gegen neunzehn Uhr? Ich wohne ganz in der Nähe und freue mich sehr darauf, Sie zu treffen. Und bringen Sie Zeit mit. Wir haben viel zu besprechen. Auf dem Empfang vor zwei Tagen hatten wir ja kaum Gelegenheit, uns in Ruhe zu unterhalten. Und danke, dass Sie auf meinen Vorschlag eingehen. Also dann – bis morgen. Ich freue mich wirklich." Und damit hatte sie auch schon aufgelegt, ohne dass Rudi etwas erwidern konnte.

Nun gab es kein Zurück mehr. Er musste wohl oder übel auf ihren Vorschlag eingehen. Sie hatte ihn buchstäblich überrumpelt. Da habe ich nun ein „Date" mit einer Frau, dacht er so bei sich und genehmigte sich erst einmal einen kräftigen Schluck aus der Bierflasche, die noch halbvoll vor ihm stand. So heißt das wohl heute, wenn man eine Verabredung hat? Und Konto hat gesagt, ich soll dieser Frau „reinen Wein" einschenken. Aber wie damit anfangen? Das ist doch alles leichter gesagt als getan.

Am nächsten Tag ging er nicht zum Schachfeld. Schon bald nach dem Frühstück machte er sich auf den Weg in die Altstadt. Er fragte einen Passanten nach dem „Schachmatt", der ihm aber nicht weiterhelfen konnte. „Ich nicht wissen wo. Ich neu in Stadt", war dessen Antwort. Erst beim dritten Anlauf hatte er Glück. Ja, das Lokal gäbe es tatsächlich hier in der Nähe. Nur drei Gassen weiter.

Nach der Wegbeschreibung und wenigen Metern stand Rudi vor der Kneipe, die aber erst um siebzehn Uhr öffnete. Zu gern, allein schon aus Interesse wegen des ungewöhnlichen Namens, hätte er einen Blick ins Innere riskiert. Doch das musste nun bis zum Abend warten. Lediglich das Kneipenschild, ein großes Schachbrett mit der diagonalen Aufschrift **Schachmatt**, schaukelte im Wind über dem Eingang. Jetzt kannte er den Weg. Er würde die Kneipe problemlos wiederfinden. Noch auf dem Rückweg zum Appartementhaus hatte er kurz überlegt, was er am Abend anziehen sollte und sich dann für legere Kleidung entschieden.

Rudi war überpünktlich. Ich habe die richtigen Sachen angezogen, war sein erster Gedanke, als er die Kneipe betrat. Der Wirt führte ihn zu einem Tisch in einer Nische, auf dem ein Schild mit der Aufschrift „Reserviert" stand, das der Inhaber entfernte, als Rudi Platz nahm. Diese Angelika Engel hat doch tatsächlich an alles gedacht und nichts dem Zufall überlassen. Der von ihr reservierte Tisch ist ideal für ein Stelldichein, war sein zweiter Gedanke. Dann erst inspizierte er das Umfeld.

Die Tischplatte hatte genau wie das Kneipenschild über dem Eingang ein Schachbrettmuster. Wären Figuren vorhanden, hätte man sofort eine Partie spielen können. Sicher waren die am Tresen auszuleihen. An den Wänden hingen Fotos von Schachwelt- und -großmeistern. Auch der Russe Botwinnik war unter ihnen. Auf Regalen standen Schachfiguren aller Art und Größe.

Rudi wurde sofort an seine schwersten Jahre nach Lillis Tod erinnert, als er die einsamen Abende in einer ähnlichen Kneipe verbrachte und versucht hatte, seinen Kummer zu ertränken. Nur gab es dort Wachstuchdecken auf den Tischen, gerahmte Werbeplakate für diverse Biersorten an den Wänden und Biergläser und Humpen auf den Regalen.

Noch so in Gedanken, stand plötzlich Angelika Engel vor ihm. Auch sie war dem Anlass entsprechend gekleidet und sah in engen Jeans und Flauschpullover aus Kaschmirwolle noch attraktiver aus als auf dem Empfang im Hotel „Imperial".

Rudi hatte nicht vergessen, wie man sich einer Frau gegenüber benimmt. Er erhob sich, begrüßte sie mit einem „Hallo", ohne ihr die Hand zu geben, die sie ihm dann aber reichte und bat sie, Platz zu nehmen, wobei er ihr den Stuhl zurechtrückte. Sie bestellten Rotwein und Bier, prosteten sich zu, und um das anfängliche Schweigen zu beenden, begann sie aus ihrem Leben zu erzählen.

Sie wurde in dieser Stadt geboren, habe hier die Schule besucht, eine Lehre als Bankkauffrau und ein Studium als Versicherungsfachfrau erfolgreich abgeschlossen und leite nun eine Agentur mit drei Angestellten, die sie nach dem Tod ihres Mannes, der bei einem Autounfall ums Leben gekommen war, übernommen habe. Ihre Begleiterin am Abend der Veranstaltung sei als Büroleiterin ihre rechte Hand und Vertrauensperson. So bleibe ihr genügend Zeit für ihre Hobbys – Malerei und Musik. Sie liebe die Natur, lange Spaziergänge und Fahrradtouren. Sie lebe allein in einem kleinen Haus mit Garten und Hund am Stadtrand. Kinder habe sie keine und nur wenige Freunde. Alles in allem sei sie mit ihrem Leben zufrieden. Und dass sie das Schachspielen lernen möchte, habe sie ja schon gesagt. Das sei zwar so eine fixe Idee, aber vollkommen ernst gemeint. Mehr gäbe es nicht zu erzählen. Ihr Alter verriet sie ihm nicht.

Als sie geendet hatte, trank Rudi sein Bier aus und bestellte ein neues. Und als sie eine Hand auf seinen Arm legte und ihn erwartungsvoll ansah, nahm er all seinen Mut zusammen und seine ersten Worte waren: „Ich bin nicht der, für den sie mich halten. In Wirklichkeit heiße ich Rudi Turm und nicht Magnus König."

Und dann erzählte er dieser Frau, die er erst vor wenigen Tagen kennengelernt hatte, seine ganze Lebensgeschichte. Er erzählte ihr von seiner Kindheit, von seiner Schachleidenschaft und dem Schachbrett vom Flohmarkt, von Lilli, der Liebe seines Lebens, vom Schachbuch mit ihrer Widmung, von seinem Alkoholproblem nach Lillis Tod, vom Leben als der obdachlose Botwinnik auf der Straße, vom leerstehenden und abbruchreifen Haus, vom Schachfeld im Stadtpark, von der schicksalhaften Begegnung mit dem ehemaligen Industriellen und jetzigen Privatier Magnus König, von der *Rochade* und dem Rollentausch. Er erwähnte Yusuf und das Zusammentreffen mit der Frau und dem kleinen Jungen im Friseursalon. Und er vergaß auch Hamlet und Knallgas, seine Leidensgenossen seit vielen Jahren, nicht.

Es war ein langer Monolog und alle Anspannung, die sich in ihm aufgestaut hatte, entlud sich in einer Beichte. In der Beichte seines Lebens. Und er vergaß ihr auch nicht zu erklären, dass er nach Beendigung der *Rochade* wieder als Obdachloser auf der Straße leben würde.

Angelika Engel hatte ihn nicht unterbrochen und keine Fragen gestellt. Doch bei den Worten, dass er wieder der Obdachlose sein wird, wenn die *Rochade* beendet ist und er sein bisheriges Leben wieder führen muss, verfinsterte sich merklich ihr Gesicht und die Finger der Hand, die immer noch auf seinem Arm ruhte, verkrampften sich für einen kurzen Moment. Dann erhob sie sich langsam, presste die Hand fest an ihre Brust, die sich merklich hob und senkte, sah ihn lange nachdenklich an und verließ, ohne ein Wort und ohne sich noch einmal umzudrehen, das Lokal.

Das wars dann wohl, dachte Rudi, als er aus der Starre, in die er nach ihrem grußlosen Abschied gefallen war, erwachte. *„Schachmatt. Nomen est omen. Schachmatt.“* Der Name der Kneipe passte zum Ausgang ihres Treffen.

Er rief nach dem Kneipier, bezahlte die Getränke, sein noch halbvolles Glas ließ er unberührt stehen und verließ das Lokal Richtung Treff, das Schachfeld in den städtischen Parkanlagen. Dort saß er gedankenverloren lange auf Kontos Bank. Erst als die Turmuhr der nahen Marienkirche Mitternacht schlug, verließ er den Park. Nach einem Bier hatte er an diesem Abend kein Verlangen mehr.

***

Tempus curat omnia – die Zeit heilt alles. Galt dieser lateinische Ausspruch auch für ihn? Da war Rudi sich nicht sicher, denn er befand sich in einer Gefühlskrise. Tief in seinem Innersten war eine Wunde aufgebrochen, die trotz der vielen Jahre immer noch nicht verheilt war. Hatte er sein Schicksal bis an sein Lebensende wirklich schon akzeptiert? Hatte er richtig gehandelt, dieser Angelika Engel alles zu erzählen? Was hatte ihn getrieben, vor ihr sein Innerstes auszubreiten? Hatte er auf Verständnis gehofft, auf Trost? Vielleicht darum auch der Mut zu seiner Beichte? Doch nun war es passiert. Er hatte ihr vertraut. Und er fand sie mehr als sympathisch. Er konnte diese Frau, die so plötzlich in sein Leben getreten war, nicht vergessen. Er konnte sie einfach nicht aus seinen Gedanken verbannen, so sehr er sich auch bemühte. Hatte er sich in sie verliebt?

Und dann kam dieser denkwürdige Sonntag im Oktober, ein warmer Herbsttag. Das Laub der Bäume im Park leuchtete in allen nur denkbaren Farben. Der Altweibersommer hielt, was er versprach. Die „Herren des Platzes" waren am Schachfeld versammelt. Zum ersten Mal nach langer Zeit forderte Konto Rudi zu einer Schachpartie heraus. Meist war es immer umgekehrt. Und Rudi willigte ohne Zögern ein. Er wollte sich ablenken. Nicht immer an diese Angelika Engel denken müssen. Auf andere Gedanken kommen. Und er eröffnete die Partie mit den weißen Steinen.

Nach den ersten Zügen tauchten überraschender Weise Virginia und Yusuf, den kleinen Yusuf in ihrer Mitte, auf. Sie hatten das schöne Wetter zu einem Spaziergang im Park genutzt, waren zufällig am Schachfeld vorbeigekommen und wollten nach einem „Hallo!" und einer herzlichen Begrüßung natürlich als Zuschauer bleiben. Auch Maik, inzwischen in seine Familie zurückgekehrt und auf einer anderen Schule, war mit einem fröhlichen „Hei!" aufgekreuzt.

Das Spiel sah anfangs keinen der Kontrahenten als Sieger. Mal waren die Vorteile bei Weiß, dann wieder bei Schwarz. Konto hatte schon relativ früh eine Rochade gespielt, aber dieser Zug war nicht spielentscheidend. Dagegen verlor Rudi im Verlauf der Partie seine Dame bei einem „Schach" durch einen Springer seines Gegners. Das war ärgerlich und wäre vermeidbar gewesen. Seitdem war er im Nachteil und überlegte lange, ob auch er eine Rochade vorbereiten oder mit einem seiner Läufer Kontos Dame angreifen sollte. Aber er entschied sich für keinen der Züge und rückte mit einem Bauern vor, um so eventuell wieder eine Dame zu gewinnen und mit dieser Strategie den Damenverlust ausgleichen zu können. Aber das war letztlich ein Fehler. Er hatte zwar auf die zweite Dame spekuliert und sich mit seiner Spielweise darauf konzentriert, aber nicht auf den schwarzen Turm geachtet, der nach zwei weiteren Zügen den weißen König im 40. Zug „matt" setzte.

Die *Rochade* war Geschichte und Konto am Ziel. Er war wieder Magnus König. Aber war er noch der gleiche König wie vor

Monaten? Er hatte zwar gegen Rudi Turm gewonnen. Aber auch gegen sich selbst?

Rudi gratulierte seinem Gegner mit einer festen Umarmung. Dann blieb er wie versteinert nachdenklich am Rande des Schachfeldes mit Blick auf die Endstellung stehen. Es hatte den Anschein, als ob er das soeben verlorene Spiel noch einmal Revue passieren ließ. Aber Schachfeld und Figuren verschwammen vor seinen Augen wie im Nebel.

Rudi Turm, alias „Botwinnik", dachte an seine ungewisse Zukunft. Die Rochade hatte letztlich auch in seinem Inneren tiefe Spuren hinterlassen. Sie hatte auch ihn verändert. Wie sollte es weitergehen?

Von der Hauptallee näherte sich eine Frau dem Freilandschach und verharrte kurz in sichtbarer Entfernung. Magnus König, Knallgas und Hamlet hatten sie bemerkt. Nur Rudi nicht. Der stand noch immer gedankenverloren am Rand des Schachfeldes und hatte ihr den Rücken zugekehrt.

Nach kurzem Zögern ging Angelika Engel langsam auf das Schachfeld zu. Und ohne die anderen zu beachten und eines Blickes zu würdigen, nahm sie Rudi, der bei ihrem Anblick vor Überraschung kein Wort herausbrachte, bei der Hand und führte ihn langsam fort aus dem Sichtfeld der Anwesenden, fort aus seiner Vergangenheit, fort vom Schachfeld in den städtischen Parkanlagen, fort aus dem Viertel mit dem leerstehenden Haus, fort von der Luxuswohnung mit. dem Wasserbett, fort vom Supermarkt mit seinem Leergutautomaten und der hübschen Verkäuferin, fort vom Leben auf der Straße – hin zu einem neuen Leben.

***

Endspiel

**Die Erste der Lehren aus der Erfindung des Schachspiels
und der Weizenkorn-Legende**

Ohne die übrigen Figuren, also die „Untertanen", ist der König
machtlos. Aber auch der König hat seine Berechtigung. Wird er
„Matt" gesetzt, ist das Spiel auch für seine Untergebenen verloren. Unwillkürlich drängt sich hier der Vergleich zum wirklichen
Leben auf. Alle Menschen sind wie die Figuren dieses Spiels aufeinander angewiesen. Die Regierung auf das Volk, die Politiker auf
die Wähler, die Kommune auf ihre Bürger, der Chef auf seine Mitarbeiter, die Partner untereinander, die Kinder auf ihre Eltern, der
Einzelne auf die Familie und die Freunde. Und das gilt genau genommen auch umgekehrt. Nur wer das vergisst, wird früher oder
später Schiffbruch erleiden. Die Mächtigen in totalitären Staaten
missachten die Erste der drei Lehren aus dem Schachspiel. Wenn
sie nicht für, sondern gegen ihr Volk regieren, wird das eigene Volk
ihnen früher oder später die Hilfe verweigern und sie nicht vor
einem „Matt" schützen.

Magnus König, alias *„Konto"*, verstand sich und die Welt nicht
mehr. Wie hatte er all die Jahre nur so blind für die Sorgen und
Nöte anderer Menschen sein können? War er durch die *Rochade*
ein anderer geworden? Er hatte am eigenen Leib erfahren müssen,
was es heißt, am Rande der Gesellschaft zu leben. War diese Erfahrung spurlos an ihm vorübergegangen? Hatte er zu sich selbst
gefunden? Und sollte er Rudi Turm dafür dankbar sein?
   Nachdem er die alles entscheidende Partie, die sich über mehrere Stunden hinzog, gewonnen hatte, war seine Zeit als Obdachloser Geschichte. Er war ein begeisterter Schachspieler geworden
und hatte die Lehren aus der Erfindung des Schachspiels und der

Weizenkorn-Legende verinnerlicht. Er kehrte in sein normales Leben zurück, kaufte das leerstehende Haus, in dem Rudi Turm viele Jahre kampiert und er sechs Monate gehaust hatte und ließ das Gebäude komplett sanieren. Es wurde die Anlaufstätte für Obdachlose und in Not geratene Frauen und Männer. Hier gibt es einmal am Tag ein warmes Essen, es wird gut erhaltene Bekleidung an Bedürftige verteilt, Menschen in Not erhalten medizinische und seelische Betreuung und weitere Hilfen. Er spendete eine beträchtliche Summe für die Wiedereröffnung des Theaters und unterstützte die Schaffung eines Frauenhauses. Mit seinen Verbindungen und seinem Geld sorgte er für die Wiedereingliederung von Bernhardt Springer und Siegfried Läufer in die Gesellschaft. Er finanzierte die Ausbildung von Maik, dem Jungen, der wenige Stunden sein Untermieter in dem leerstehenden Haus war, das er als freiwilliger Obdachloser bewohnt hatte. Die Zeit seiner Selbstfindung war vorbei.

Magnus König ist es auch zu verdanken, dass der Verein „Die Rochade" für die Obdachlosenhilfe ins Leben gerufen wurde. Ob seiner Verdienste für das Gemeinwohl wurde er mit dem Bundesverdienstkreuz ausgezeichnet.

***

Rudi Turm, alias *„Botwinnik"*, hatte die „Partie des Jahrhunderts" nie zu Ende gespielt. Die Schachpartie, die von Hans Kmoch ihren Namen bekam. Der damals erst dreizehnjährige Bobby Fischer besiegte mit Ta2-c2 Donald Byrne. Ein schwarzer Turm beendete mit dem 41. Zug das Spiel. Vielleicht hätte die Partie ein anderes Ende gefunden, hätte Weiß eine Rochade vorbereitet.

Rudi Turm und Magnus König einigten sich auf eine *Rochade*, auf den Tausch ihrer Positionen für einen überschaubaren Zeitraum mit weit reichenden Konsequenzen. Ihr Leben wäre anders verlaufen, hätten sie sich nicht auf diese *Rochade*, den „Schachzug des Jahrhunderts" geeinigt.

Angelika Engel, Rudis Tischnachbarin auf dem denkwürdigen Empfang der Industrie- und Handelskammer, die ihm die Hand zu einem neuen Leben reichte, wurde seine Lebenspartnerin. Auch für sie wurde Schach zur Leidenschaft.

Rudi Turm, einer der stillen Helden unserer Zeit, kümmert sich fortan im Verein „Die Rochade" um Frauen und Männer, die am Rande der Gesellschaft leben. Er gründete einen Schachzirkel für Schüler und organisiert einmal im Jahr ein Schachturnier für jedermann. Für seine ehrenamtliche Tätigkeit und sein Eintreten für die Schwachen der Gesellschaft wurde er Ehrenbürger dieser Stadt.

Die Zweite der Lehren aus der Erfindung des Schachspiels und der Weizenkorn-Legende

Jeder noch so unbedeutende Bauer kann durch geschickte Spielweise eine bedeutende Figur werden, wenn er die gegnerische Grundlinie des Schachfeldes erreicht. Durch Fleiß und Ausdauer, menschliches Verhalten und Uneigennutz und natürlich auch mit etwas Glück, kann jeder noch so unbedeutende Mensch zu einer großen und geachteten Persönlichkeit reifen. Das gilt im Kleinen wie im Großen. Es gibt unzählige Beispiele dafür, wie Menschen es schafften, die Zweite der drei Lehren aus dem Schachspiel zu verinnerlichen und zu verwirklichen. „Jeder ist seines Glückes Schmied", sagt ein Sprichwort. Das Wort ist wahr! Eine geachtete Persönlichkeit kann auch jemand werden, dem kein Nobelpreis verliehen wird, der aber seine ganze Kraft zum Wohle der Gemeinschaft und für andere Menschen einsetzt, ohne auf persönliche Vorteile bedacht zu sein.

Yusuf Piyon rasierte gerade einen Obdachlosen, als ein Stein in das Schaufenster seines Friseurgeschäfts geworfen wurde. Eine Glatzkopfbande war randalierend, eine Spur der Verwüstung hinterlassend und rechtsradikale Parolen brüllend, durch den Hauptbahnhof gezogen. Erst eine Hundertschaft der Bereitschaftspolizei, von engagierten Reisenden alarmiert, konnte dem Mob Herr werden.

Das Geschäft des Türken musste mehrere Tage geschlossen bleiben. Die Versicherung sperrte sich mit Händen und Füßen bei der Regulierung. Erst ein eingeschalteter Rechtsanwalt konnte helfen, und der Schaden wurde bezahlt.

Aber es war nicht der einzige Anschlag auf sein Geschäft. Er hatte gerade seinen Salon wieder geöffnet, da besprühten Schmierfinken die große Fensterscheibe mit einem „Hakenkreuz" und „Türken raus".

Seitdem engagiert sich Yusuf Piyon, der einfache türkische Barbier, für „Integration", gegen Diskriminierung, Ausländerfeindlichkeit und rechte Gewalt.

Einmal im Monat öffnet er seinen Laden für Menschen, die am Rande der Gesellschaft leben, und schneidet kostenlos Haare und Bart.

* * *

Virginia Dame und Yusuf Piyon heirateten, nachdem Virginia zum Islam übergetreten war. Magnus König, Rudi Turm, Bernhardt Springer und Siegfried Läufer waren Trauzeugen. Und es schien, als ob die halbe Türkei zur Hochzeit anreiste, so zahlreich war Yusufs Verwandtschaft. Virginias Eltern machten gute Miene zum bösen Spiel. Schließlich war Virginia ihr einziges Kind und volljährig. Sie war selbst für „Das" verantwortlich, was sie tat. Und Virginia hatte „Das" getan, was sie für richtig hielt.

Neun Monate nach dem Wiedersehen in Yusufs Friseursalon geschah das zweite Wunder. Yasemin wurde geboren. Ein Mädchen mit den blonden Haaren ihrer Mutter und den braunen Augen ihres Vaters. Rudi Turm, dessen Ehe kinderlos geblieben war, wurde Pate.

Und noch einmal tat Virginia das, was sie für richtig hielt. Sie engagierte sich im „Kampf gegen häusliche Gewalt". Sie hatte bei der Stadtverwaltung und den Stadträten durchgesetzt, nicht zuletzt mit großer Unterstützung durch den neu gewählten Bürgermeister und der großzügigen Spende eines unbekannten Fremden, dass das Frauenhaus „Lotusblüte" in dieser Stadt gebaut wurde. Virginia Dame leitete seit der Eröffnung dieses Haus, wo Frauen und Kinder, die Opfer häuslicher Gewalt werden, dringend notwendige Hilfe fanden und organisierte in Schulen Seminare für sexuelle Aufklärung.

Die Dritte der Lehren aus der Erfindung des Schachspiels und der Weizenkorn-Legende

Verachte mir das Geringste nicht. Denn aus einem Saatkorn kann eine so große Menge Nahrung werden, um alle Menschen dieser Welt satt zu machen. Nicht durch Verdoppelung der Körnerzahl auf jedem Feld eines Schachbretts, sondern durch sinnvollen Anbau und Verteilung. Warum hungern Menschen in der Welt? Warum sterben Kinder an Unterernährung? Warum sind die reichen Schätze dieser Erde so ungerecht verteilt? Es ist die Missachtung der Dritten der drei Lehren aus dem Schachspiel. Es ist die Profitgier. Es ist die Zerstörung der Umwelt. Es ist der Egoismus. Es ist die unkontrollierte Ausbeutung der Ressourcen. Es ist der Kampf um Macht und Einfluss. Es ist die Korruption und unmenschliches Verhalten. Es ist das Streben nach Wachstum um jeden Preis, das die Menschheit einmal bezahlen wird. In einer solchen Welt wird es immer Hunger, Elend und Kriege geben.

Siegfried Läufer, alias „Knallgas", kam spät, aber nicht zu spät, zu der Erkenntnis, dass es an der Zeit war, die Bombe, die in ihm tickte, zu entschärfen. Mit Hilfe des Vereins „Die Rochade" gelang ihm der Absprung zu einem anerkannten Fachmann beim technischen Hilfswerk. Der Weg bis dahin war nicht leicht. Er verlangte

Disziplin, bislang ein Fremdwort für ihn. Aber das Beispiel von Rudi Turm und Magnus König hatte Schule gemacht. Sie hatten Knallgas vorgelebt, was ein eiserner Wille bewirken kann. Und als der Kampfmittelbeseitigungsdienst Fachleute suchte, meldete er sich freiwillig. Er wurde einer der Besten und entschärfte gefährliche Hinterlassenschaften des Krieges unter Einsatz seines Lebens. Die Haare trug er, wie seinerzeit im Knast, immer noch kurz geschnitten. Und er blieb Kettenraucher. Aber nie hatte er bei seiner Arbeit eine Zigarette im Mundwinkel. Er rauchte erst, wenn die Gefahr, die von den Blindgängern ausging, beseitigt war. Aber so abgeklärt er sich auch gab. Oft zitterten ihm dann beim Anzünden der Zigarette die Hände.

Sein Traum von der großen weiten Welt wurde dann doch noch Wirklichkeit. Nur anders, als er es sich einmal erträumt hatte. Siegfried Läufer folgte einem Aufruf der Vereinten Nationen und arbeitete bis zu seiner Pensionierung als Sprengmeister in einem internationalen Team beim „Entschärfen von Landminen" in Bangladesch und Afrika.

***

Bernhard Springer, alias „Hamlet", eroberte offiziell von einem Tag auf den anderen das Haus, in das er viele Jahre durch ein nicht verriegeltes Fenster ein- und ausgegangen war. Ein großer Unbekannter hatte eine beachtliche Summe gespendet, und mit diesem Geld dafür gesorgt, dass das städtische Theater nach jahrelanger Zwangspause wieder eröffnet werden konnte. Wer die anfallenden Kosten für Wasser und Strom nach der Schließung verursacht hatte, war nicht mehr zu ermitteln. Und Bernhard Springer, der mit dem Stipendium eines Gönners, der nicht genannt werden wollte, ein Studium für Regie und Theaterpädagogik erfolgreich abgeschlossen hatte, schwieg wie ein Grab.

Als erste Vorstellung wurde, in Erinnerung an die damalige Schließung des Hauses, *Hamlet* gegeben. Magnus König war nicht nachtragend. Er hatte dafür gesorgt, dass Johanna Frei gastierte, diesmal in der Rolle der Königin. Und der gleiche Schauspieler, der seinerzeit den Marcellus spielte, stand wieder zur Belustigung des Publikums mit dem von ihm aktuell abgeänderten Text *„Etwas war faul ... in dieser Stadt"* auf eben diesen Brettern, die die Welt bedeuten.

Bernhardt Springer führte Regie. Und nach erfolgreichen Jahren als Regisseur am städtischen Theater wurde er zum Direktor des Hauses berufen, das er mit Shakespeares *Hamlet* als festen Bestandteil des jährlichen Spielplans seit vielen Jahren leitet. Seine Antrittsrede bei der „Wiedergeburt des Theaters" begann er mit den Worten: *„Sein oder Nichtsein, das ist hier die Frage."* Und dann erhob er das Sektglas mit Henkell Trocken, dankte dem großen Unbekannten, nahm einen kräftigen Schluck und beendete seine Rede mit den Worten: *„Und der Rest ist Schweigen!"*

***

Nachwort

Die Rochade – Schachzug des Jahrhunderts.

So unterschiedlich die Charaktere von Rudi Turm und Magnus König und ihre Lebenswege auch waren. Diesen zwei Männern ist es zu verdanken, dass durch ihre *Rochade* die Lehren aus der Erfindung des Schachspiels und der Weizenkorn-Legende mit Leben erfüllt wurden. Sie einigten sich auf den „Schachzug des Jahrhunderts". Ein Schachzug, bei dem Turm und König gleichzeitig bewegt werden. Ein „Doppelzug", der nicht nur das Leben dieser zwei, sondern auch das von vier weiteren Menschen, veränderte. Sechs Menschenschicksale von Millionen, sechs Menschen auf dem „Schachbrett des Lebens".

Diese ungewöhnlichste aller „Rochaden" ließ eine Schach-Legende unserer Zeit Wirklichkeit werden.